Commedia

les Fourberies de Scapin

Pièce de **Molière**

Mise en scène et dessin **Koguc**

Dessin **St Félix**

VENTS D'OUEST

37, rue Servan
38000 Grenoble
www.ventsdouest.com

Dépôt légal : août 2010
ISBN : 978-2-7493-0295-9 / 007
Achevé d'imprimer en Italie en mars 2023 par Grafica Veneta,
sur papier provenant de forêts gérées de manière durable.

les Personnages

OCTAVE
Fils d'Argante,
et amant de Hyacinte.

SILVESTRE
Valet d'Octave.

SCAPIN
Valet de Léandre,
et fourbe.

HYACINTE
Fille de Géronte, et
amante d'Octave.

ARGANTE
Père d'Octave et
de Zerbinette.

GÉRONTE
Père de Léandre
et de Hyacinte.

LÉANDRE
Fils de Géronte, et
amant de Zerbinette.

ZERBINETTE
Crue Égyptienne, et
reconnue fille d'Argante,
et amante de Léandre.

NÉRINE
Nourrice de Hyacinte.

CARLE

DEUX PORTEURS

AH ! FÂCHEUSES NOUVELLES POUR UN CŒUR AMOUREUX ! DURES EXTRÊMITÉS OÙ JE ME VOIS RÉDUIT ! TU VIENS, SILVESTRE, D'APPRENDRE AU PORT, QUE MON PÈRE REVIENT ?
OUI.
QU'IL ARRIVE CE MATIN MÊME ?
CE MATIN MÊME.
ET QU'IL REVIENT DANS LA RÉSOLUTION DE ME MARIER ?
OUI.
AVEC UNE FILLE DU SEIGNEUR GÉRONTE ?
DU SEIGNEUR GÉRONTE.

Acte I, scène première.

CONSEILLE-MOI, DU MOINS, ET ME DIS CE QUE JE DOIS FAIRE DANS CES CRUELLES CONJONCTURES.
MA FOI, JE M'Y TROUVE AUTANT EMBARRASSÉ QUE VOUS, ET J'AURAIS BON BESOIN QUE L'ON ME CONSEILLÂT MOI-MÊME.
JE SUIS ASSASSINÉ PAR CE MAUDIT RETOUR.
JE NE LE SUIS PAS MOINS.
LORSQUE MON PÈRE APPRENDRA LES CHOSES, JE VAIS VOIR FONDRE SUR MOI UN ORAGE SOUDAIN D'IMPÉTUEUSES RÉPRIMANDES.
LES RÉPRIMANDES NE SONT RIEN ; ET PLÛT AU CIEL QUE J'EN FUSSE QUITTE À CE PRIX ! MAIS J'AI BIEN LA MINE, POUR MOI, DE PAYER PLUS CHER VOS FOLIES, ET JE VOIS SE FORMER DE LOIN UN NUAGE DE COUPS DE BÂTON QUI CRÈVERA SUR MES ÉPAULES.

Acte I, scène première.

QU'EST-CE, SEIGNEUR OCTAVE, QU'AVEZ-VOUS ? QU'Y A-T-IL ? QUEL DÉSORDRE EST-CE LÀ ? JE VOUS VOIS TOUT TROUBLÉ.
AH, MON PAUVRE SCAPIN, JE SUIS PERDU, JE SUIS DÉSESPÉRÉ ; JE SUIS LE PLUS INFORTUNÉ DE TOUS LES HOMMES.
COMMENT ?
N'AS-TU RIEN APPRIS DE CE QUI ME REGARDE ?
NON.
MON PÈRE ARRIVE AVEC LE SEIGNEUR GÉRONTE, ET ILS ME VEULENT MARIER.
HÉ BIEN, QU'Y A-T-IL LÀ DE SI FUNESTE ?
HÉLAS ! TU NE SAIS PAS LA CAUSE DE MON INQUIÉTUDE.

Acte I, scène II.

ET JE PUIS DIRE SANS VANITÉ, QU'ON N'A GUÈRE VU D'HOMME QUI FÛT PLUS HABILE OUVRIER DE RESSORTS ET D'INTRIGUES ; QUI AIT ACQUIS PLUS DE GLOIRE QUE MOI DANS CE NOBLE MÉTIER :
MAIS, MA FOI, LE MÉRITE EST TROP MALTRAITÉ AUJOURD'HUI, ET J'AI RENONCÉ À TOUTES CHOSES DEPUIS CERTAIN CHAGRIN D'UNE AFFAIRE QUI M'ARRIVA.
COMMENT ? QUELLE AFFAIRE, SCAPIN ?
UNE AVENTURE OÙ JE ME BROUILLAI AVEC LA JUSTICE.
LA JUSTICE !
OUI, NOUS EÛMES UN PETIT DÉMÊLÉ ENSEMBLE.
TOI, ET LA JUSTICE ?
OUI. ELLE EN USA FORT MAL AVEC MOI, ET JE ME DÉPITAI DE TELLE SORTE CONTRE L'INGRATITUDE DU SIÈCLE, QUE JE RÉSOLUS DE NE PLUS RIEN FAIRE.
BASTE.
NE LAISSEZ PAS DE ME CONTER VOTRE AVENTURE.

ACTE I, SCÈNE II.

COMME NOUS SOMMES GRANDS AMIS, IL ME FIT AUSSITÔT CONFIDENCE DE SON AMOUR, ET ME MENA VOIR CETTE FILLE, QUE JE TROUVAI BELLE À LA VÉRITÉ, MAIS NON PAS TANT QU'IL VOULAIT QUE JE LA TROUVASSE.
IL NE M'ENTRETENAIT QUE D'ELLE CHAQUE JOUR ;
M'EXAGÉRAIT À TOUS MOMENTS SA BEAUTÉ, ET SA GRÂCE ; ME LOUAIT SON ESPRIT,
ET ME PARLAIT AVEC TRANSPORT DES CHARMES DE SON ENTRETIEN, DONT IL ME RAPPORTAIT JUSQU'AUX MOINDRES PAROLES, QU'IL S'EFFORÇAIT TOUJOURS DE ME FAIRE TROUVER LES PLUS SPIRITUELLES DU MONDE.
IL ME QUERELLAIT QUELQUEFOIS DE N'ÊTRE PAS ASSEZ SENSIBLE AUX CHOSES QU'IL ME VENAIT DIRE, ET ME BLÂMAIT SANS CESSE DE L'INDIFFÉRENCE OÙ J'ÉTAIS POUR LES FEUX DE L'AMOUR.
JE NE VOIS PAS ENCORE OÙ CECI VEUT ALLER.

Acte I, scène II.

NOUS ENTRONS DANS UNE SALLE, OÙ NOUS VOYONS UNE VIEILLE FEMME MOURANTE, ASSISTÉE D'UNE SERVANTE QUI FAISAIT DES REGRETS,
ET D'UNE JEUNE FILLE TOUTE FONDANTE EN LARMES, LA PLUS BELLE, ET LA PLUS TOUCHANTE QU'ON PUISSE JAMAIS VOIR.
AH, AH.
UNE AUTRE AURAIT PARU EFFROYABLE EN L'ÉTAT OÙ ELLE ÉTAIT ;
CAR ELLE N'AVAIT POUR HABILLEMENT QU'UNE MÉCHANTE PETITE JUPE, AVEC DES BRASSIÈRES DE NUIT QUI ÉTAIENT DE SIMPLE FUTAINE ;
ET SA COIFFURE ÉTAIT UNE CORNETTE JAUNE, RETROUSSÉE AU HAUT DE SA TÊTE, QUI LAISSAIT TOMBER EN DÉSORDRE SES CHEVEUX SUR SES ÉPAULES ;

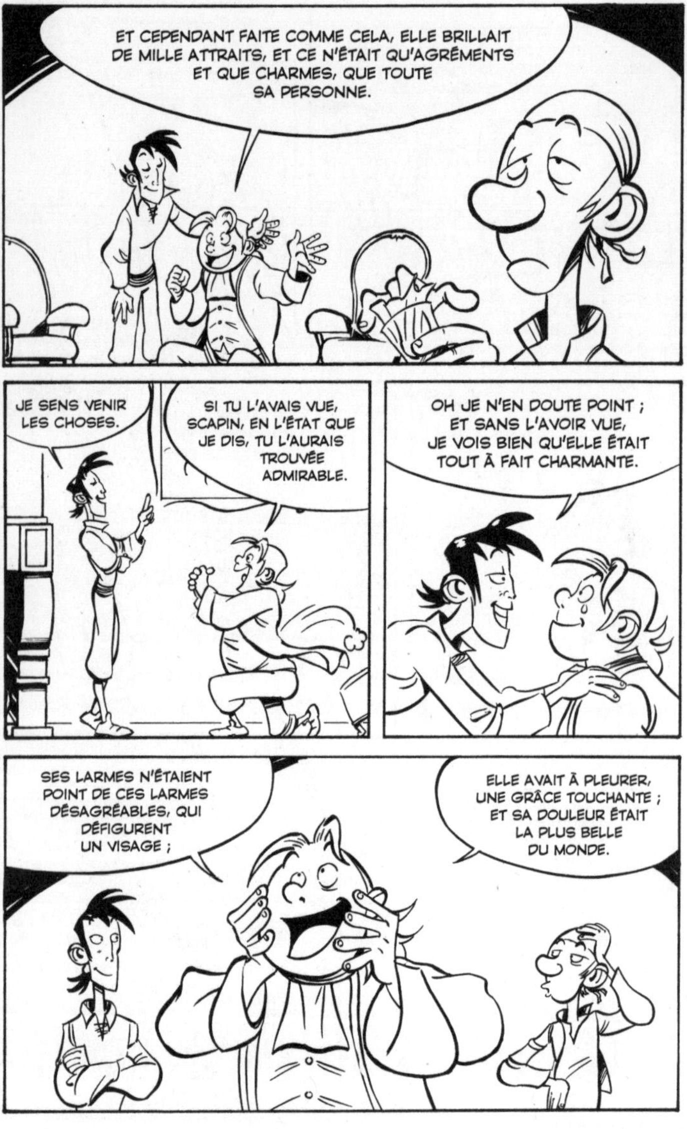
ET CEPENDANT FAITE COMME CELA, ELLE BRILLAIT DE MILLE ATTRAITS, ET CE N'ÉTAIT QU'AGRÉMENTS ET QUE CHARMES, QUE TOUTE SA PERSONNE.
JE SENS VENIR LES CHOSES.
SI TU L'AVAIS VUE, SCAPIN, EN L'ÉTAT QUE JE DIS, TU L'AURAIS TROUVÉE ADMIRABLE.
OH JE N'EN DOUTE POINT ; ET SANS L'AVOIR VUE, JE VOIS BIEN QU'ELLE ÉTAIT TOUT À FAIT CHARMANTE.
SES LARMES N'ÉTAIENT POINT DE CES LARMES DÉSAGRÉABLES, QUI DÉFIGURENT UN VISAGE ;
ELLE AVAIT À PLEURER, UNE GRÂCE TOUCHANTE ; ET SA DOULEUR ÉTAIT LA PLUS BELLE DU MONDE.

JE VOIS TOUT CELA.
ELLE FAISAIT FONDRE CHACUN EN LARMES, EN SE JETANT AMOUREUSEMENT SUR LE CORPS DE CETTE MOURANTE, QU'ELLE APPELAIT SA CHÈRE MÈRE ;
ET IL N'Y AVAIT PERSONNE QUI N'EÛT L'ÂME PERCÉE, DE VOIR UN SI BON NATUREL.
EN EFFET, CELA EST TOUCHANT ; ET JE VOIS BIEN QUE CE BON NATUREL-LÀ VOUS LA FIT AIMER.
AH ! SCAPIN, UN BARBARE L'AURAIT AIMÉE.
ASSURÉMENT. LE MOYEN DE S'EN EMPÊCHER ?

ACTE I, SCÈNE II.

SON CŒUR PREND FEU DÈS CE MOMENT. IL NE SAURAIT PLUS VIVRE, QU'IL N'AILLE CONSOLER SON AIMABLE AFFLIGÉE.
SES FRÉQUENTES VISITES SONT REJETÉES DE LA SERVANTE, DEVENUE LA GOUVERNANTE PAR LE TRÉPAS DE LA MÈRE ; VOILÀ MON HOMME AU DÉSESPOIR.
IL PRESSE, SUPPLIE, CONJURE ; POINT D'AFFAIRE.
ON LUI DIT QUE LA FILLE, QUOIQUE SANS BIEN, ET SANS APPUI, EST DE FAMILLE HONNÊTE ; ET QU'À MOINS QUE DE L'ÉPOUSER, ON NE PEUT SOUFFRIR SES POURSUITES.
VOILÀ SON AMOUR AUGMENTÉ PAR LES DIFFICULTÉS.
IL CONSULTE DANS SA TÊTE, AGITE, RAISONNE, BALANCE, PREND SA RÉSOLUTION ; LE VOILÀ MARIÉ AVEC ELLE DEPUIS TROIS JOURS.

Acte I, scène II.

VOUS VOILÀ BIEN EMBARRASSÉS TOUS DEUX POUR UNE BAGATELLE.
C'EST BIEN LÀ DE QUOI SE TANT ALARMER.
N'AS-TU POINT DE HONTE, TOI, DE DEMEURER COURT À SI PEU DE CHOSE ?
QUE DIABLE,
TE VOILÀ GRAND ET GROS COMME PÈRE ET MÈRE,
ET TU NE SAURAIS TROUVER DANS TA TÊTE, FORGER DANS TON ESPRIT QUELQUE RUSE GALANTE, QUELQUE HONNÊTE PETIT STRATAGÈME, POUR AJUSTER VOS AFFAIRES ?
TOC! TOC! TOC!
FI. PESTE SOIT DU BUTOR
JE VOUDRAIS BIEN QUE L'ON M'EÛT DONNÉ AUTREFOIS NOS VIEILLARDS À DUPER ;

JE LES AURAIS JOUÉS TOUS DEUX PAR-DESSOUS LA JAMBE ;
...
ET JE N'ÉTAIS PAS PLUS GRAND QUE CELA, QUE JE ME SIGNALAIS DÉJÀ PAR CENT TOURS D'ADRESSE JOLIS.
J'AVOUE QUE LE CIEL NE M'A PAS DONNÉ TES TALENTS, ET QUE JE N'AI PAS L'ESPRIT, COMME TOI, DE ME BROUILLER AVEC LA JUSTICE.
DING!
DILING!
DILING!
VOICI MON AIMABLE HYACINTE.

LING
DING
!
AH ! OCTAVE, EST-IL VRAI CE QUE SILVESTRE VIENT DE DIRE À NÉRINE ?

ACTE I, SCÈNE III.

EH PEUT-ON VOUS AIMER, QU'ON NE VOUS AIME TOUTE SA VIE ?
J'AI OUÏ DIRE, OCTAVE, QUE VOTRE SEXE AIME MOINS LONGTEMPS QUE LE NÔTRE,
ET QUE LES ARDEURS QUE LES HOMMES FONT VOIR, SONT DES FEUX QUI S'ÉTEIGNENT AUSSI FACILEMENT QU'ILS NAISSENT.
AH ! MA CHÈRE HYACINTE, MON CŒUR N'EST DONC PAS FAIT COMME CELUI DES AUTRES HOMMES, ET JE SENS BIEN POUR MOI QUE JE VOUS AIMERAI JUSQU'AU TOMBEAU.
JE VEUX CROIRE QUE VOUS SENTEZ CE QUE VOUS DITES, ET JE NE DOUTE POINT QUE VOS PAROLES NE SOIENT SINCÈRES ;
MAIS JE CRAINS UN POUVOIR QUI COMBATTRA DANS VOTRE CŒUR LES TENDRES SENTIMENTS QUE VOUS POUVEZ AVOIR POUR MOI.

Acte I, scène III.

NE PLEUREZ DONC POINT, JE VOUS PRIE, MON AIMABLE HYACINTE, CAR VOS LARMES ME TUENT, ET JE NE LES PUIS VOIR SANS ME SENTIR PERCER LE CŒUR.
PUISQUE VOUS LE VOULEZ, JE VEUX BIEN ESSUYER MES PLEURS, ET J'ATTENDRAI D'UN ŒIL CONSTANT CE QU'IL PLAIRA AU CIEL DE RÉSOUDRE DE MOI.
LE CIEL NOUS SERA FAVORABLE.
IL NE SAURAIT M'ÊTRE CONTRAIRE, SI VOUS M'ÊTES FIDÈLE.
JE LE SERAI ASSURÉMENT.
JE SERAI DONC HEUREUSE.
ELLE N'EST POINT TANT SOTTE, MA FOI, ET JE LA TROUVE ASSEZ PASSABLE.
VOICI UN HOMME QUI POURRAIT BIEN, S'IL LE VOULAIT, NOUS ÊTRE DANS TOUS NOS BESOINS, D'UN SECOURS MERVEILLEUX.

J'AI FAIT DE GRANDS SERMENTS DE NE ME MÊLER PLUS DU MONDE ;
MAIS SI VOUS M'EN PRIEZ BIEN FORT TOUS DEUX, PEUT-ÊTRE...
AH, S'IL NE TIENT QU'À TE PRIER BIEN FORT POUR OBTENIR TON AIDE, JE TE CONJURE DE TOUT MON CŒUR DE PRENDRE LA CONDUITE DE NOTRE BARQUE.
ET VOUS, NE ME DITES-VOUS RIEN ?

JE VOUS CONJURE, À SON EXEMPLE, PAR TOUT CE QUI VOUS EST LE PLUS CHER AU MONDE, DE VOULOIR SERVIR NOTRE AMOUR.
IL FAUT SE LAISSER VAINCRE, ET AVOIR DE L'HUMANITÉ.
ALLEZ, JE VEUX M'EMPLOYER POUR VOUS.
CROIS QUE...
CHUT.
ALLEZ-VOUS-EN, VOUS, ET SOYEZ EN REPOS.
ET VOUS, PRÉPAREZ-VOUS À SOUTENIR AVEC FERMETÉ L'ABORD DE VOTRE PÈRE.

ACTE I, SCÈNE III.

LÀ, TÂCHEZ DE VOUS COMPOSER PAR ÉTUDE.
UN PEU DE HARDIESSE, ET SONGEZ À RÉPONDRE RÉSOLUMENT SUR TOUT CE QU'IL POURRA VOUS DIRE.
JE FERAI DU MIEUX QUE JE POURRAI.
ÇÀ, ESSAYONS UN PEU, POUR VOUS ACCOUTUMER.
RÉPÉTONS UN PEU VOTRE RÔLE, ET VOYONS SI VOUS FEREZ BIEN.
ALLONS.
LA MINE RÉSOLUE, LA TÊTE HAUTE, LES REGARDS ASSURÉS.
COMME CELA ?

ENCORE UN PEU DAVANTAGE.
AINSI ?
BON.
IMAGINEZ-VOUS QUE JE SUIS VOTRE PÈRE QUI ARRIVE, ET RÉPONDEZ-MOI FERMEMENT COMME SI C'ÉTAIT À LUI-MÊME.
"COMMENT, PENDARD, VAURIEN, INFÂME, FILS INDIGNE D'UN PÈRE COMME MOI, OSES-TU BIEN PARAÎTRE DEVANT MES YEUX APRÈS TES BONS DÉPORTEMENTS, APRÈS LE LÂCHE TOUR QUE TU M'AS JOUÉ PENDANT MON ABSENCE ?
!
EST-CE LÀ LE FRUIT DE MES SOINS, MARAUD ? EST-CE LÀ LE FRUIT DE MES SOINS ?
LE RESPECT QUI M'EST DÛ ? LE RESPECT QUE TU ME CONSERVES ?"
SPLAT!

ALLONS DONC.
"TU AS L'INSOLENCE, FRIPON, DE T'ENGAGER SANS LE CONSENTEMENT DE TON PÈRE, DE CONTRACTER UN MARIAGE CLANDESTIN ?
RÉPONDS-MOI, COQUIN, RÉPONDS-MOI.
VOYONS UN PEU TES BELLES RAISONS."
OH ! QUE DIABLE ! VOUS DEMEUREZ INTERDIT !
C'EST QUE JE M'IMAGINE QUE C'EST MON PÈRE QUE J'ENTENDS.

ACTE I, SCÈNE III.

HOLÀ, OCTAVE, DEMEUREZ.
VLAN!
VLAN!
OCTAVE.
LE VOILÀ ENFUI. QUELLE PAUVRE ESPÈCE D'HOMME !
NE LAISSONS PAS D'ATTENDRE LE VIEILLARD.
QUE LUI DIRAI-JE ?
LAISSE-MOI DIRE, MOI, ET NE FAIS QUE ME SUIVRE.

Acte I, scène IV. Argante, Scapin, Silvestre.

A-T-ON JAMAIS OUÏ PARLER D'UNE ACTION PAREILLE À CELLE-LÀ ?
IL A DÉJÀ APPRIS L'AFFAIRE, ET ELLE LUI TIENT SI FORT EN TÊTE, QUE TOUT SEUL IL EN PARLE HAUT.
VOILÀ UNE TÉMÉRITÉ BIEN GRANDE !
ÉCOUTONS-LE UN PEU.
JE VOUDRAIS BIEN SAVOIR CE QU'ILS ME POURRONT DIRE SUR CE BEAU MARIAGE.
NOUS Y AVONS SONGÉ.
TÂCHERONT-ILS DE ME NIER LA CHOSE ?
NON, NOUS N'Y PENSONS PAS.

OU S'ILS ENTREPRENDRONT DE L'EXCUSER ?
CELUI-LÀ SE POURRA FAIRE.
PRÊTENDRONT-ILS M'AMUSER PAR DES CONTES EN L'AIR ?
TOUS LEURS DISCOURS SERONT INUTILES.
PEUT-ÊTRE.
ILS NE M'EN DONNERONT POINT À GARDER.
NOUS ALLONS VOIR.
NE JURONS DE RIEN.
JE SAURAI METTRE MON PENDARD DE FILS EN LIEU DE SÛRETÉ.
NOUS Y POURVOIRONS.
ET POUR LE COQUIN DE SILVESTRE,

JE LE ROUERAI DE COUPS.
J'ÉTAIS BIEN ÉTONNÉ S'IL M'OUBLIAIT.
AH, AH,
VOUS VOILÀ DONC, SAGE GOUVERNEUR DE FAMILLE, BEAU DIRECTEUR DE JEUNES GENS.
MONSIEUR, JE SUIS RAVI DE VOUS VOIR DE RETOUR.
BONJOUR, SCAPIN,
VOUS AVEZ SUIVI MES ORDRES VRAIMENT D'UNE BELLE MANIÈRE, ET MON FILS S'EST COMPORTÉ FORT SAGEMENT PENDANT MON ABSENCE.
VOUS VOUS PORTEZ BIEN, À CE QUE JE VOIS ?

ASSEZ BIEN.
TU NE DIS MOT, COQUIN, TU NE DIS MOT.
VOTRE VOYAGE A-T-IL ÉTÉ BON ?
MON DIEU, FORT BON. LAISSE-MOI UN PEU QUERELLER EN REPOS.
VOUS VOULEZ QUERELLER ?
OUI, JE VEUX QUERELLER.
ET QUI, MONSIEUR ?
CE MARAUD-LÀ.
POURQUOI ?

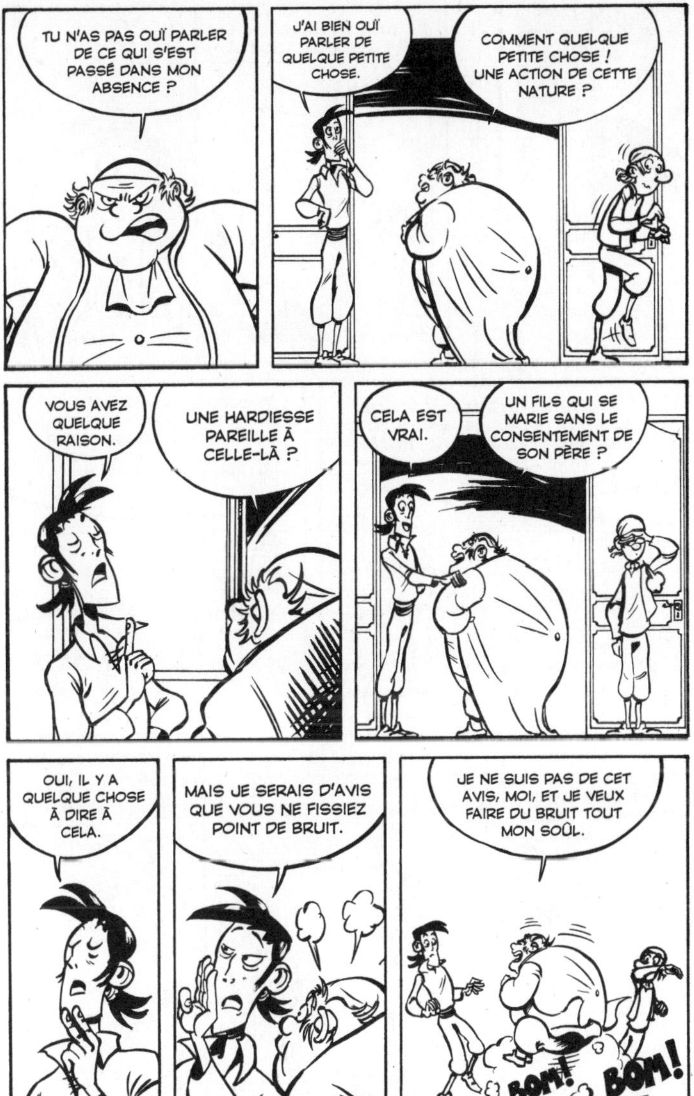
TU N'AS PAS OUÏ PARLER DE CE QUI S'EST PASSÉ DANS MON ABSENCE ?
J'AI BIEN OUÏ PARLER DE QUELQUE PETITE CHOSE.
COMMENT QUELQUE PETITE CHOSE ! UNE ACTION DE CETTE NATURE ?
VOUS AVEZ QUELQUE RAISON.
UNE HARDIESSE PAREILLE À CELLE-LÀ ?
CELA EST VRAI.
UN FILS QUI SE MARIE SANS LE CONSENTEMENT DE SON PÈRE ?
OUI, IL Y A QUELQUE CHOSE À DIRE À CELA.
MAIS JE SERAIS D'AVIS QUE VOUS NE FISSIEZ POINT DE BRUIT.
JE NE SUIS PAS DE CET AVIS, MOI, ET JE VEUX FAIRE DU BRUIT TOUT MON SOÛL.
BOM!
BOM!

Acte I, scène IV.

IL N'A PAS TANT DE TORT DE S'ALLER MARIER DE BUT EN BLANC AVEC UNE INCONNUE ?
QUE VOULEZ-VOUS, IL Y A ÉTÉ POUSSÉ PAR SA DESTINÉE.
AH, AH, VOICI UNE RAISON LA PLUS BELLE DU MONDE.
ON N'A PLUS QU'À COMMETTRE TOUS LES CRIMES IMAGINABLES, TROMPER, VOLER, ASSASSINER, ET DIRE POUR EXCUSE, QU'ON Y A ÉTÉ POUSSÉ PAR SA DESTINÉE.
MON DIEU, VOUS PRENEZ MES PAROLES TROP EN PHILOSOPHE. JE VEUX DIRE QU'IL S'EST TROUVÉ FATALEMENT ENGAGÉ DANS CETTE AFFAIRE.
ET POURQUOI S'Y ENGAGEAIT-IL ?

ACTE I, SCÈNE IV.

CELA EST VRAI. J'EN DEMEURE D'ACCORD ;
MAIS JE M'EN SUIS TOUJOURS TENU À LA GALANTERIE, ET JE N'AI POINT ÉTÉ JUSQU'À FAIRE CE QU'IL A FAIT.
QUE VOULIEZ-VOUS QU'IL FÎT ?
IL VOIT UNE JEUNE PERSONNE QUI LUI VEUT DU BIEN (CAR IL TIENT DE VOUS, D'ÊTRE AIMÉ DE TOUTES LES FEMMES).
IL LA TROUVE CHARMANTE.
IL LUI REND DES VISITES ; LUI CONTE DES DOUCEURS, SOUPIRE GALAMMENT, FAIT LE PASSIONNÉ.
ELLE SE REND À SA POURSUITE.

IL POUSSE SA FORTUNE.
LE VOILÀ SURPRIS AVEC ELLE PAR SES PARENTS, QUI LA FORCE À LA MAIN LE CONTRAIGNENT DE L'ÉPOUSER.
L'HABILE FOURBE QUE VOILÀ !
EUSSIEZ-VOUS VOULU QU'IL SE FÛT LAISSÉ TUER ? IL VAUT MIEUX ENCORE ÊTRE MARIÉ, QU'ÊTRE MORT.
ON NE M'A PAS DIT QUE L'AFFAIRE SE SOIT AINSI PASSÉE.
DEMANDEZ-LUI PLUTÔT. IL NE VOUS DIRA PAS LE CONTRAIRE.

C'EST PAR FORCE QU'IL A ÉTÉ MARIÉ ?
OUI, MONSIEUR.
VOUDRAIS-JE VOUS MENTIR ?
IL DEVAIT DONC ALLER TOUT AUSSITÔT PROTESTER DE VIOLENCE CHEZ UN NOTAIRE.
C'EST CE QU'IL N'A PAS VOULU FAIRE.
CELA M'AURAIT DONNÉ PLUS DE FACILITÉ À ROMPRE CE MARIAGE.
ROMPRE CE MARIAGE !
OUI.
VOUS NE LE ROMPREZ POINT.
JE NE LE ROMPRAI POINT ?
NON.
QUOI, JE N'AURAI PAS POUR MOI LES DROITS DE PÈRE, ET LA RAISON DE LA VIOLENCE QU'ON A FAITE À MON FILS ?

C'EST UNE CHOSE DONT IL NE DEMEURERA PAS D'ACCORD.
IL N'EN DEMEURERA PAS D'ACCORD ?
NON.
MON FILS ?
VOTRE FILS.
VOULEZ-VOUS QU'IL CONFESSE QU'IL AIT ÉTÉ CAPABLE DE CRAINTE, ET QUE CE SOIT PAR FORCE QU'ON LUI AIT FAIT FAIRE LES CHOSES ?
IL N'A GARDE D'ALLER AVOUER CELA. CE SERAIT SE FAIRE TORT, ET SE MONTRER INDIGNE D'UN PÈRE COMME VOUS.
JE ME MOQUE DE CELA.

IL FAUT, POUR SON HONNEUR, ET POUR LE VÔTRE, QU'IL DISE DANS LE MONDE, QUE C'EST DE BON GRÉ QU'IL L'A ÉPOUSÉE.
ET JE VEUX MOI, POUR MON HONNEUR ET POUR LE SIEN, QU'IL DISE LE CONTRAIRE.
NON, JE SUIS SÛR QU'IL NE LE FERA PAS.
JE L'Y FORCERAI BIEN.
IL NE LE FERA PAS, VOUS DIS-JE.
IL LE FERA, OU JE LE DÉSHÉRITERAI.
VOUS ?
MOI.
BON.
?
COMMENT, BON ?

Acte I, scène IV.

JE L'AURAI.
VOUS VOUS MOQUEZ.
JE NE ME MOQUE POINT.
LA TENDRESSE PATERNELLE FERA SON OFFICE.
ELLE NE FERA RIEN.
OUI, OUI.
JE VOUS DIS QUE CELA SERA.
BAGATELLES.
IL NE FAUT POINT DIRE BAGATELLES.

ACTE I, SCÈNE IV.

MONSIEUR, SI JE VOUS PUIS ÊTRE UTILE EN QUELQUE CHOSE, VOUS N'AVEZ QU'À ME COMMANDER.
JE VOUS REMERCIE.
AH ! POURQUOI FAUT-IL QU'IL SOIT FILS UNIQUE !
ET QUE N'AI-JE À CETTE HEURE LA FILLE QUE LE CIEL M'A ÔTÉE, POUR LA FAIRE MON HÉRITIÈRE !

ACTE I, SCÈNE V. SILVESTRE, SCAPIN.

ENFONCE TON BONNET EN MÉCHANT GARÇON.
CAMPE-TOI SUR UN PIED.
METS LA MAIN AU CÔTÉ.
FAIS LES YEUX FURI-BONDS.
MARCHE UN PEU EN ROI DE THÉÂTRE.
VOILÀ QUI EST BIEN.
CLAP! CLAP!
SUIS-MOI. J'AI DES SECRETS POUR DÉGUISER TON VISAGE ET TA VOIX.
JE TE CONJURE AU MOINS DE NE M'ALLER POINT BROUILLER AVEC LA JUSTICE.
VA, VA ; NOUS PARTAGERONS LES PÉRILS EN FRÈRES ; ET TROIS ANS DE GALÈRE DE PLUS, OU DE MOINS, NE SONT PAS POUR ARRÊTER UN NOBLE CŒUR.

ACTE II, SCÈNE PREMIÈRE. GÉRONTE, ARGANTE.

MAIS L'ARRIVÉE DE MA FILLE TROUVERA LES CHOSES MAL DISPOSÉES À CE QUE NOUS NOUS PROPOSIONS ;
ET CE QUE VOUS VENEZ DE M'APPRENDRE DE VOTRE FILS, ROMPT ÉTRANGEMENT LES MESURES QUE NOUS AVIONS PRISES ENSEMBLE.
NE VOUS METTEZ PAS EN PEINE ; JE VOUS RÉPONDS DE RENVERSER TOUT CET OBSTACLE, ET J'Y VAIS TRAVAILLER DE CE PAS.
MA FOI, SEIGNEUR ARGANTE, VOULEZ-VOUS QUE JE VOUS DISE ? L'ÉDUCATION DES ENFANTS EST UNE CHOSE À QUOI IL FAUT S'ATTACHER FORTEMENT.
SANS DOUTE.
À QUEL PROPOS CELA ?

ACTE II, SCÈNE PREMIÈRE.

DE SORTE DONC QUE VOUS AVEZ BIEN MIEUX MORIGÉNÉ LE VÔTRE ?
SANS DOUTE, ET JE SERAIS BIEN FÂCHÉ QU'IL M'EÛT RIEN FAIT APPROCHANT DE CELA.
ET SI CE FILS QUE VOUS AVEZ, EN BRAVE PÈRE, SI BIEN MOVRIGÉNÉ, AVAIT FAIT PIS ENCORE QUE LE MIEN ; EH ?
COMMENT ?
COMMENT ?
QU'EST-CE QUE CELA VEUT DIRE ?
CELA VEUT DIRE, SEIGNEUR GÉRONTE, QU'IL NE FAUT PAS ÊTRE SI PROMPT À CONDAMNER LA CONDUITE DES AUTRES ;

ACTE II, SCÈNE PREMIÈRE.

ET QUOI ENCORE ?
VOTRE SCAPIN, DANS MON DÉPIT, NE M'A DIT LA CHOSE QU'EN GROS ;
ET VOUS POURREZ DE LUI, OU DE QUELQUE AUTRE, ÊTRE INSTRUIT DU DÉTAIL.
POUR MOI, JE VAIS VITE CONSULTER UN AVOCAT, ET AVISER DES BIAIS QUE J'AI À PRENDRE.
JUSQU'AU REVOIR.

Acte II, scène II. Géronte, Léandre.

ET JE TROUVE QUE SE MARIER SANS LE CONSENTEMENT DE SON PÈRE, EST UNE ACTION QUI PASSE TOUT CE QU'ON PEUT S'IMAGINER.
AH ! VOUS VOILÀ.
AH ! MON PÈRE, QUE J'AI DE JOIE DE VOUS VOIR DE RETOUR !
DOUCEMENT. PARLONS UN PEU D'AFFAIRE.

Acte II, scène II.

HÉ BIEN ?
QU'EST-CE DONC QUI S'EST PASSÉ ICI ?
CE QUI S'EST PASSÉ ?
OUI. QU'AVEZ-VOUS FAIT DANS MON ABSENCE ?
QUE VOULEZ-VOUS, MON PÈRE, QUE J'AIE FAIT ?
CE N'EST PAS MOI QUI VEUX QUE VOUS AYEZ FAIT, MAIS QUI DEMANDE CE QUE C'EST QUE VOUS AVEZ FAIT.
MOI, JE N'AI FAIT AUCUNE CHOSE DONT VOUS AYEZ LIEU DE VOUS PLAINDRE.

ACTE II, SCÈNE II.

CE LIEU N'EST PAS TOUT À FAIT PROPRE À VIDER CETTE AFFAIRE, ET NOUS ALLONS L'EXAMINER AILLEURS.
QU'ON SE RENDE AU LOGIS. J'Y VAIS REVENIR TOUT À L'HEURE.
AH, TRAÎTRE, S'IL FAUT QUE TU ME DÉSHONORES, JE TE RENONCE POUR MON FILS,
ET TU PEUX BIEN POUR JAMAIS TE RÉSOUDRE À FUIR DE MA PRÉSENCE.

Acte II, scène III. Léandre, Octave, Scapin.

AH, AH, VOUS VOILÀ. JE SUIS RAVI DE VOUS TROUVER, MONSIEUR LE COQUIN.
MONSIEUR, VOTRE SERVITEUR. C'EST TROP D'HONNEUR QUE VOUS ME FAITES.
VOUS FAITES LE MÉCHANT PLAISANT.
AH ! JE VOUS APPRENDRAI...
MONSIEUR.
AH, LÉANDRE !

NON, OCTAVE, NE ME RETENEZ POINT, JE VOUS PRIE.
EH, MONSIEUR.
DE GRÂCE.
LAISSEZ-MOI CONTENTER MON RESSENTIMENT.
AU NOM DE L'AMITIÉ, LÉANDRE, NE LE MALTRAITEZ POINT.
MONSIEUR, QUE VOUS AI-JE FAIT ?
CE QUE TU M'AS FAIT, TRAÎTRE ?
EH DOUCEMENT.
NON, OCTAVE, JE VEUX QU'IL ME CONFESSE LUI-MÊME TOUT À L'HEURE LA PERFIDIE QU'IL M'A FAITE.

OUI, COQUIN, JE SAIS LE TRAIT QUE TU M'AS JOUÉ, ON VIENT DE ME L'APPRENDRE ;
ET TU NE CROYAIS PAS PEUT-ÊTRE QUE L'ON ME DÛT RÉVÉLER CE SECRET :
MAIS JE VEUX EN AVOIR LA CONFESSION DE TA PROPRE BOUCHE, OU JE VAIS TE PASSER CETTE ÉPÉE AU TRAVERS DU CORPS.
AH ! MONSIEUR, AURIEZ-VOUS BIEN CE CŒUR-LÀ ?
PARLE DONC.
JE VOUS AI FAIT QUELQUE CHOSE, MONSIEUR ?
OUI, COQUIN ; ET TA CONSCIENCE NE TE DIT QUE TROP CE QUE C'EST.
JE VOUS ASSURE QUE JE L'IGNORE.

ACTE II, SCÈNE III.

JE SUIS BIEN AISE D'APPRENDRE CELA ; MAIS CE N'EST PAS L'AFFAIRE DONT IL EST QUESTION MAINTENANT.
CE N'EST PAS CELA, MONSIEUR ?
NON, C'EST UNE AUTRE AFFAIRE QUI ME TOUCHE BIEN PLUS, ET JE VEUX QUE TU ME LA DISES.
MONSIEUR, JE NE ME SOUVIENS PAS D'AVOIR FAIT AUTRE CHOSE.
TU NE VEUX PAS PARLER ?
EH.
TOUT DOUX.
OUI, MONSIEUR, IL EST VRAI QU'IL Y A TROIS SEMAINES QUE VOUS M'ENVOYÂTES PORTER LE SOIR, UNE PETITE MONTRE À LA JEUNE ÉGYPTIENNE QUE VOUS AIMEZ.

ACTE II, SCÈNE III.

PARLE VITE, J'AI HÂTE.
MONSIEUR, VOILÀ TOUT CE QUE J'AI FAIT.
VOILÀ TOUT ?
EH !
HÉ BIEN ! OUI, MONSIEUR,
VOUS VOUS SOUVENEZ DE CE LOUP-GAROU IL Y A SIX MOIS QUI VOUS DONNA TANT DE COUPS DE BÂTON LA NUIT, ET VOUS PENSA FAIRE ROMPRE LE COU DANS UNE CAVE OÙ VOUS TOMBÂTES EN FUYANT.
HÉ BIEN ?
C'ÉTAIT MOI, MONSIEUR, QUI FAISAIS LE LOUP-GAROU.

C'ÉTAIT TOI, TRAÎTRE, QUI FAISAIS LE LOUP-GAROU ?
OUI, MONSIEUR, SEULEMENT POUR VOUS FAIRE PEUR, ET VOUS ÔTER L'ENVIE DE NOUS FAIRE COURIR TOUTES LES NUITS COMME VOUS AVIEZ DE COUTUME.
JE SAURAI ME SOUVENIR EN TEMPS ET LIEU DE TOUT CE QUE JE VIENS D'APPRENDRE.
MAIS JE VEUX VENIR AU FAIT, ET QUE TU ME CONFESSES CE QUE TU AS DIT À MON PÈRE.
À VOTRE PÈRE ?
OUI, FRIPON, À MON PÈRE.
JE NE L'AI PAS SEULEMENT VU DEPUIS SON RETOUR.

TU NE L'AS PAS VU ?
NON, MONSIEUR.
ASSURÉMENT ?
ASSURÉMENT.
C'EST UNE CHOSE QUE JE VAIS VOUS FAIRE DIRE PAR LUI-MÊME.
C'EST DE SA BOUCHE QUE JE LE TIENS POURTANT.
AVEC VOTRE PERMISSION, IL N'A PAS DIT LA VÉRITÉ.

Acte II, scène IV. Carle, Léandre, Scapin, Octave.

"AH ! MON PAUVRE SCAPIN."
JE SUIS "MON PAUVRE SCAPIN" À CETTE HEURE QU'ON A BESOIN DE MOI.
VA, JE TE PARDONNE TOUT CE QUE TU VIENS DE ME DIRE, ET PIS ENCORE SI TU ME L'AS FAIT.
NON, NON, NE ME PARDONNEZ RIEN.
PASSEZ-MOI VOTRE ÉPÉE AU TRAVERS DU CORPS.

Acte II, scène IV.

SCAPIN, IL FAUT FAIRE QUELQUE CHOSE POUR LUI.
LE MOYEN, APRÈS UNE AVANIE DE LA SORTE ?
JE TE CONJURE D'OUBLIER MON EMPORTEMENT, ET DE ME PRÊTER TON ADRESSE.
JE JOINS MES PRIÈRES AUX SIENNES.
J'AI CETTE INSULTE-LÀ SUR LE CŒUR.
IL FAUT QUITTER TON RESSENTIMENT.
VOUDRAIS-TU M'ABANDONNER, SCAPIN, DANS LA CRUELLE EXTRÉMITÉ OÙ SE VOIT MON AMOUR ?

Acte II, scène IV.

J'EN AI TOUS LES REGRETS DU MONDE.
ME VOULOIR PASSER SON ÉPÉE AU TRAVERS DU CORPS !
POC !
JE T'EN DEMANDE PARDON DE TOUT MON CŒUR ;
ET S'IL NE TIENT QU'À ME JETER À TES GENOUX, TU M'Y VOIS, SCAPIN, POUR TE CONJURER ENCORE UNE FOIS DE NE ME POINT ABANDONNER.

Acte II, scène IV.

ME PROMETS-TU DE TRAVAILLER POUR MOI ?
ON Y SONGERA.
MAIS TU SAIS QUE LE TEMPS PRESSE.
NE VOUS METTEZ PAS EN PEINE.
COMBIEN EST-CE QU'IL VOUS FAUT ?
CINQ CENTS ÉCUS.
ET À VOUS ?
DEUX CENTS PISTOLES.

ACTE II, SCÈNE IV.

TOUT BEAU, SCAPIN.
BON, BON ; ON FAIT BIEN SCRUPULE DE CELA, VOUS MOQUEZ-VOUS ?
MAIS J'APERÇOIS VENIR LE PÈRE D'OCTAVE.
COMMENÇONS PAR LUI, PUISQU'IL SE PRÉSENTE
ALLEZ-VOUS-EN TOUS DEUX.
ET VOUS, AVERTISSEZ VOTRE SILVESTRE DE VENIR VITE JOUER SON RÔLE.

ACTE II, SCÈNE V. SCAPIN, ARGANTE.

LE VOILÀ QUI RUMINE
AVOIR SI PEU DE CONDUITE ET DE CONSIDÉRATION ! S'ALLER JETER DANS UN ENGAGEMENT COMME CELUI-LÀ !
AH, AH ! JEUNESSE IMPERTINENTE.
MONSIEUR, VOTRE SERVITEUR.
!!!

ACTE II, SCÈNE V.

QUE POUR PEU QU'UN PÈRE DE FAMILLE AIT ÉTÉ ABSENT DE CHEZ LUI, IL DOIT PROMENER SON ESPRIT SUR TOUS LES FÂCHEUX ACCIDENTS QUE SON RETOUR PEUT RENCONTRER ;
SE FIGURER SA MAISON BRÛLÉE,
SON ARGENT DÉROBÉ,
SA FEMME MORTE,
SON FILS ESTROPIÉ, SA FILLE SUBORNÉE ;
ET CE QU'IL TROUVE QUI NE LUI EST POINT ARRIVÉ, L'IMPUTER À BONNE FORTUNE.

ACTE II, SCÈNE V.

VOILÀ QUI EST BIEN ;
MAIS CE MARIAGE IMPERTINENT QUI TROUBLE CELUI QUE NOUS VOULONS FAIRE, EST UNE CHOSE QUE JE NE PUIS TSOUFFRIR,
ET JE VIENS DE CONSULTER DES AVOCATS POUR LE FAIRE CASSER.
MA FOI, MONSIEUR, SI VOUS M'EN CROYEZ, VOUS TÂCHEREZ, PAR QUELQUE AUTRE VOIE, D'ACCOMMODER L'AFFAIRE.
VOUS SAVEZ CE QUE C'EST QUE LES PROCÈS EN CE PAYS-CI, ET VOUS ALLEZ VOUS ENFONCER DANS D'ÉTRANGES ÉPINES.

TU AS RAISON, JE LE VOIS BIEN. MAIS QUELLE AUTRE VOIE ?
JE PENSE QUE J'EN AI TROUVÉ UNE.
LA COMPASSION QUE M'A DONNÉE TANTÔT VOTRE CHAGRIN, M'A OBLIGÉ À CHERCHER DANS MA TÊTE QUELQUE MOYEN POUR VOUS TIRER D'INQUIÉTUDE :
CAR JE NE SAURAIS VOIR D'HONNÊTES PÈRES CHAGRINÉS PAR LEURS ENFANTS, QUE CELA NE M'ÉMEUVE ;
ET DE TOUT TEMPS JE ME SUIS SENTI POUR VOTRE PERSONNE UNE INCLINATION PARTICULIÈRE.

JE TE SUIS OBLIGÉ.
J'AI DONC ÉTÉ TROUVER LE FRÈRE DE CETTE FILLE QUI A ÉTÉ ÉPOUSÉE.
C'EST UN DE CES BRAVES DE PROFESSION, DE CES GENS QUI SONT TOUS COUPS D'ÉPÉE ; QUI NE PARLENT QUE D'ÉCHINER,
ET NE FONT NON PLUS DE CONSCIENCE DE TUER UN HOMME, QUE D'AVALER UN VERRE DE VIN.
JE L'AI MIS SUR CE MARIAGE ;
LUI AI FAIT VOIR QUELLE FACILITÉ OFFRAIT LA RAISON DE LA VIOLENCE, POUR LE FAIRE CASSER ;

Acte II, scène V.

CINQ OU SIX CENTS FIÈVRES QUARTAINES QUI LE PUISSENT SERRER.
SE MOQUE-T-IL DES GENS ?
C'EST CE QUE JE LUI AI DIT.
J'AI REJETÉ BIEN LOIN DE PAREILLES PROPOSITIONS, ET JE LUI AI BIEN FAIT ENTENDRE QUE VOUS N'ÉTIEZ POINT UNE DUPE, POUR VOUS DEMANDER DES CINQ OU SIX CENTS PISTOLES.
ENFIN APRÈS PLUSIEURS DISCOURS, VOICI OÙ S'EST RÉDUIT LE RÉSULTAT DE NOTRE CONFÉRENCE.
"NOUS VOILÀ AU TEMPS,
M'A-T-IL DIT,
QUE JE DOIS PARTIR POUR L'ARMÉE.

JE SUIS APRÈS À M'ÉQUIPER, ET LE BESOIN QUE J'AI DE QUELQUE ARGENT, ME FAIT CONSENTIR MALGRÉ MOI À CE QU'ON ME PROPOSE.
IL ME FAUT UN CHEVAL DE SERVICE,
ET JE N'EN SAURAIS AVOIR UN QUI SOIT TANT SOIT PEU RAISONNABLE, À MOINS DE SOIXANTE PISTOLES."
HÉ BIEN, POUR SOIXANTE PISTOLES, JE LES DONNE.
"IL FAUDRA LE HARNAIS, ET LES PISTOLETS ; ET CELA IRA BIEN À VINGT PISTOLES ENCORE."
VINGT PISTOLES, ET SOIXANTE, CE SERAIT QUATRE-VINGTS.
JUSTEMENT.
C'EST BEAU-COUP ;
MAIS SOIT, JE CONSENS À CELA.

"IL ME FAUT AUSSI UN CHEVAL POUR MONTER MON VALET, QUI COÛTERA BIEN TRENTE PISTOLES".
COMMENT DIANTRE !
QU'IL SE PROMÈNE ! IL N'AURA RIEN DU TOUT.
MONSIEUR.
VOULEZ-VOUS QUE SON VALET AILLE À PIED ?
NON, C'EST UN IMPERTI-NENT.
QU'IL AILLE COMME IL LUI PLAIRA, ET LE MAÎTRE AUSSI.
MON DIEU, MONSIEUR, NE VOUS ARRÊTEZ POINT À PEU DE CHOSE.
N'ALLEZ POINT PLAIDER, JE VOUS PRIE, ET DONNEZ TOUT POUR VOUS SAUVER DES MAINS DE LA JUSTICE.

HÉ BIEN SOIT,
JE ME RÉSOUS À DONNER ENCORE CES TRENTE PISTOLES.
"IL ME FAUT ENCORE,
A-T-IL DIT,
UN MULET POUR PORTER..."
OH QU'IL AILLE AU DIABLE AVEC SON MULET !
C'EN EST TROP, ET NOUS IRONS DEVANT LES JUGES.

DE GRÂCE, MONSIEUR...
NON, JE N'EN FERAI RIEN.
MONSIEUR, UN PETIT MULET.
JE NE LUI DONNERAIS PAS SEULEMENT UN ÂNE.
CONSIDÉREZ...
NON ! J'AIME MIEUX PLAIDER.
EH, MONSIEUR, DE QUOI PARLEZ-VOUS LÀ, ET À QUOI VOUS RÉSOLVEZ-VOUS ?
JETEZ LES YEUX SUR LES DÉTOURS DE LA JUSTICE.
VOYEZ COMBIEN D'APPELS ET DE DEGRÉS DE JURIDICTION ;

Acte II, scène V.

ET QUAND PAR LES PLUS GRANDES PRÉCAUTIONS DU MONDE VOUS AUREZ PARÉ TOUT CELA, VOUS SEREZ ÉBAHI QUE VOS JUGES AURONT ÉTÉ SOLLICITÉS CONTRE VOUS,
OU PAR DES GENS DÉVOTS,
OU PAR DES FEMMES QU'ILS AIMERONT.
EH, MONSIEUR, SI VOUS LE POUVEZ, SAUVEZ-VOUS DE CET ENFER-LÀ.
C'EST ÊTRE DAMNÉ DÈS CE MONDE, QUE D'AVOIR À PLAIDER ; ET LA SEULE PENSÉE D'UN PROCÈS SERAIT CAPABLE DE ME FAIRE FUIR
JUSQU'AUX INDES.
À COMBIEN EST-CE QU'IL FAIT MONTER LE MULET ?

MONSIEUR, POUR LE MULET, POUR SON CHEVAL, ET CELUI DE SON HOMME,
POUR LE HARNAIS ET LES PISTOLETS,
ET POUR PAYER QUELQUE PETITE CHOSE QU'IL DOIT À SON HÔTESSE,
IL DEMANDE EN TOUT DEUX CENTS PISTOLES.
DEUX CENTS PISTOLES ?
OUI.
ALLONS, ALLONS, NOUS PLAIDERONS.
SPLAT!

FAITES RÉFLEXION ...
JE PLAIDE-RAI.
NE VOUS ALLEZ POINT JETER...
JE VEUX PLAIDER.
MAIS POUR PLAIDER, IL VOUS FAUDRA DE L'ARGENT.
IL VOUS EN FAUDRA POUR L'EXPLOIT ; IL VOUS EN FAUDRA POUR LE CONTRÔLE.
IL VOUS EN FAUDRA POUR LA PROCURATION, POUR LA PRÉSENTATION, CONSEILS, PRODUCTIONS, ET JOURNÉES DU PROCUREUR..
IL VOUS EN FAUDRA POUR LES CONSULTATIONS ET PLAIDOIRIES DES AVOCATS ; POUR LE DROIT DE RETIRER LE SAC, ET POUR LES GROSSES D'ÉCRITURES.
IL VOUS EN FAUDRA POUR LE RAPPORT DES SUBSTITUTS ; POUR LES ÉPICES DE CONCLUSION ; POUR L'ENREGISTREMENT DU GREFFIER,
FAÇON D'APPOINTEMENT, SENTENCES ET ARRÊTS, CONTRÔLES, SIGNATURES, ET EXPÉDITIONS DE LEURS CLERCS, SANS PARLER DE TOUS LES PRÉSENTS QU'IL VOUS FAUDRA FAIRE.

DONNEZ CET ARGENT-LÀ À CET HOMME-CI, VOUS VOILÀ HORS D'AFFAIRE.
COMMENT, DEUX CENTS PISTOLES ?
OUI, VOUS Y GAGNEREZ. J'AI FAIT UN PETIT CALCUL EN MOI-MÊME DE TOUS LES FRAIS DE LA JUSTICE ;
ET J'AI TROUVÉ QU'EN DONNANT DEUX CENTS PISTOLES À VOTRE HOMME, VOUS EN AUREZ DE RESTE POUR LE MOINS CENT CINQUANTE, SANS COMPTER LES SOINS, LES PAS, ET LES CHAGRINS QUE VOUS ÉPARGNEREZ.
QUAND IL N'Y AURAIT À ESSUYER QUE LES SOTTISES QUE DISENT DEVANT TOUT LE MONDE DE MÉCHANTS PLAISANTS D'AVOCATS, J'AIMERAIS MIEUX DONNER TROIS CENTS PISTOLES, QUE DE PLAIDER.
JE ME MOQUE DE CELA, ET JE DÉFIE LES AVOCATS DE RIEN DIRE DE MOI.
VOUS FEREZ CE QU'IL VOUS PLAIRA ; MAIS SI J'ÉTAIS QUE DE VOUS, JE FUIRAIS LES PROCÈS.
JE NE DONNERAI POINT DEUX CENTS PISTOLES.
VOICI L'HOMME DONT IL S'AGIT.

Acte II, scène VI. Silvestre, Scapin, Argante.

PAR LA MORT !
PAR LA TÊTE !
PAR LA VENTRE ! SI JE LE TROUVE, JE LE VEUX ÉCHINER, DUSSÉ-JE ÊTRE ROUÉ TOUT VIF.
MONSIEUR, CE PÈRE D'OCTAVE A DU CŒUR, ET PEUT-ÊTRE NE VOUS CRAINDRA-T-IL POINT.
LUI ?
LUI ?
PAR LE SANG, PAR LA TÊTE, S'IL ÉTAIT LÀ, JE LUI DONNERAIS TOUT À L'HEURE DE L'ÉPÉE DANS LE VENTRE.
QUI EST CET HOMME-LÀ ?

CE N'EST PAS LUI, MONSIEUR, CE N'EST PAS LUI.
N'EST-CE POINT QUELQU'UN DE SES AMIS ?
NON, MONSIEUR, AU CONTRAIRE, C'EST SON ENNEMI CAPITAL.
SON ENNEMI CAPITAL ?
OUI.
AH, PARBLEU, J'EN SUIS RAVI.
VOUS ÊTES ENNEMI, MONSIEUR, DE CE FAQUIN D'ARGANTE ; EH ?
OUI, OUI, JE VOUS EN RÉPONDS.
TOUCHEZ LÀ. TOUCHEZ.

ACTE II, SCÈNE VI.

IL SE TIENDRA SUR SES GARDES ASSURÉMENT ;
ET IL A DES PARENTS, DES AMIS, ET DES DOMESTIQUES,
DONT IL SE FERA UN SECOURS CONTRE VOTRE RESSENTIMENT.
C'EST CE QUE JE DEMANDE, MORBLEU, C'EST CE QUE JE DEMANDE.
AH, TÊTE !
ZZWWDDIIINNG !!
AH, VENTRE !
QUE NE LE TROUVÉ-JE À CETTE HEURE AVEC TOUT SON SECOURS !

QUE NE PARAÎT-IL À MES YEUX AU MILIEU DE TRENTE PERSONNES !
QUE NE LES VOIS-JE FONDRE SUR MOI LES ARMES À LA MAIN !
COMMENT, MARAUDS, VOUS AVEZ LA HARDIESSE DE VOUS ATTAQUER À MOI ?
ALLONS, MORBLEU !
TUE, POINT DE QUARTIER.
DONNONS.

FERME.
POUSSONS.
BON PIED, BON ŒIL.
AH, COQUINS ! AH, CANAILLE ! VOUS EN VOULEZ PAR LÀ ;
JE VOUS EN FERAI TÂTER VOTRE SOÛL.
SOUTENEZ, MARAUDS, SOUTENEZ.

ACTE II, SCÈNE VI.

MONSIEUR, NOUS N'EN SOMMES PAS.
VOILÃ QUI VOUS APPRENDRA Ã VOUS OSER JOUER Ã MOI.
HÉ BIEN, VOUS VOYEZ COMBIEN DE PERSONNES TUÉES POUR DEUX CENTS PISTOLES.
OH SUS !
JE VOUS SOUHAITE UNE BONNE FORTUNE.

Acte II, scène VI.

ET DE PLUS, JE CRAINDRAIS QU'EN VOUS FAISANT CONNAÎTRE, IL N'ALLÂT S'AVISER DE VOUS DEMANDER DAVANTAGE.
OUI ;
MAIS
J'AURAIS ÉTÉ BIEN AISE DE VOIR COMME JE DONNE MON ARGENT.
EST-CE QUE VOUS VOUS DÉFIEZ DE MOI ?
NON PAS, MAIS...
PARBLEU, MONSIEUR, JE SUIS UN FOURBE, OU JE SUIS HONNÊTE HOMME ;
C'EST L'UN DES DEUX.
EST-CE QUE JE VOUDRAIS VOUS TROMPER, ET QUE DANS TOUT CECI J'AI D'AUTRE INTÉRÊT QUE LE VÔTRE,
ET CELUI DE MON MAÎTRE, À QUI VOUS VOULEZ VOUS ALLIER ?
SI JE VOUS SUIS SUSPECT, JE NE ME MÊLE PLUS DE RIEN, ET VOUS N'AVEZ QU'À CHERCHER, DÈS CETTE HEURE, QUI ACCOMMODERA VOS AFFAIRES.

Acte II, scène VI.

JE VAIS T'ATTENDRE CHEZ MOI.
JE NE MANQUERAI PAS D'Y ALLER.
ET UN. JE N'AI QU'À CHERCHER L'AUTRE.
AH, MA FOI, LE VOICI.
GRAT! GRAT!
IL SEMBLE QUE LE CIEL, L'UN APRÈS L'AUTRE, LES AMÈNE DANS MES FILETS.

ACTE II, SCÈNE VII. SCAPIN, GÉRONTE.

Ô MISÉRABLE PÈRE !
PAUVRE GÉRONTE, QUE FERAS-TU ?
QUE DIT-IL LÀ DE MOI, AVEC CE VISAGE AFFLIGÉ ?
N'Y A-T-IL PERSONNE QUI PUISSE ME DIRE OÙ EST LE SEIGNEUR GÉRONTE ?
QU'Y A-T-IL, SCAPIN ?
OÙ POURRAI-JE LE RENCONTRER, POUR LUI DIRE CETTE INFORTUNE ?
QU'EST-CE QUE C'EST DONC ?
EN VAIN JE COURS DE TOUS CÔTÉS POUR LE POUVOIR TROUVER.

ACTE II, SCÈNE VII.

JE L'AI TROUVÉ TANTÔT, TOUT TRISTE, DE JE NE SAIS QUOI QUE VOUS LUI AVEZ DIT, OÙ VOUS M'AVEZ MÊLÉ ASSEZ MAL À PROPOS ;
ET CHERCHANT À DIVERTIR CETTE TRISTESSE, NOUS NOUS SOMMES ALLÉS PROMENER SUR LE PORT.
LÀ, ENTRE AUTRES PLUSIEURS CHOSES, NOUS AVONS ARRÊTÉ NOS YEUX SUR UNE GALÈRE TURQUE ASSEZ BIEN ÉQUIPÉE.
UN JEUNE TURC DE BONNE MINE, NOUS A INVITÉS D'Y ENTRER, ET NOUS A PRÉSENTÉ LA MAIN.
NOUS Y AVONS PASSÉ ;
IL NOUS A FAIT MILLE CIVILITÉS, NOUS A DONNÉ LA COLLATION,
OÙ NOUS AVONS MANGÉ DES FRUITS LES PLUS EXCELLENTS QUI SE PUISSENT VOIR, ET BU DU VIN QUE NOUS AVONS TROUVÉ LE MEILLEUR DU MONDE.
QU'Y A-T-IL DE SI AFFLIGEANT EN TOUT CELA ?

ACTE II, SCÈNE VII.

AH LE PENDARD DE TURC, M'ASSASSINER DE LA FAÇON !
KROK !
C'EST À VOUS, MONSIEUR, D'AVISER PROMPTEMENT AUX MOYENS DE SAUVER DES FERS
UN FILS QUE VOUS AIMEZ AVEC TANT DE TENDRESSE.
QUE DIABLE ALLAIT-IL FAIRE DANS CETTE GALÈRE ?
IL NE SONGEAIT PAS À CE QUI EST ARRIVÉ.

ACTE II, SCÈNE VII.

EH, MONSIEUR, SONGEZ-VOUS À CE QUE VOUS DITES ?
ET VOUS FIGUREZ-VOUS QUE CE TURC AIT SI PEU DE SENS, QUE D'ALLER RECEVOIR UN MISÉRABLE COMME MOI, À LA PLACE DE VOTRE FILS ?
QUE DIABLE ALLAIT-IL FAIRE DANS CETTE GALÈRE ?
IL NE DEVINAIT PAS CE MALHEUR.
SONGEZ, MONSIEUR, QU'IL NE M'A DONNÉ QUE DEUX HEURES.
TU DIS QU'IL DEMANDE...
CINQ CENTS ÉCUS.
CINQ CENTS ÉCUS ! N'A-T-IL POINT DE CONSCIENCE ?
VRAIMENT OUI, DE LA CONSCIENCE À UN TURC.

Acte II, scène VII.

TU TROUVERAS UNE GROSSE CLEF DU CÔTÉ GAUCHE, QUI EST CELLE DE MON GRENIER.
OUI.
TU IRAS PRENDRE TOUTES LES HARDES QUI SONT DANS CETTE GRANDE MANNE, ET TU LES VENDRAS AUX FRIPIERS, POUR ALLER RACHETER MON FILS.
EH, MONSIEUR, RÊVEZ-VOUS ?
JE N'AURAIS PAS CENT FRANCS DE TOUT CE QUE VOUS DITES ;
ET, DE PLUS, VOUS SAVEZ LE PEU DE TEMPS QU'ON M'A DONNÉ.
MAIS QUE DIABLE ALLAIT-IL FAIRE À CETTE GALÈRE ?

OH QUE DE PAROLES PERDUES !
LAISSEZ LÀ CETTE GALÈRE, ET SONGEZ QUE LE TEMPS PRESSE,
ET QUE VOUS COUREZ RISQUE DE PERDRE VOTRE FILS.
HÉLAS ! MON PAUVRE MAÎTRE,

PEUT-ÊTRE QUE JE NE TE VERRAI DE MA VIE,
ET QU'À L'HEURE QUE JE PARLE ON T'EMMÈNE ESCLAVE EN ALGER.
MAIS LE CIEL ME SERA TÉMOIN QUE J'AI FAIT POUR TOI TOUT CE QUE J'AI PU ;
ET QUE SI TU MANQUES À ÊTRE RACHETÉ, IL N'EN FAUT ACCUSER QUE LE PEU D'AMITIÉ D'UN PÈRE.

ATTENDS, SCAPIN,
JE M'EN VAIS QUÉRIR CETTE SOMME.
DÉPÊCHEZ DONC VITE, MONSIEUR,
JE TREMBLE QUE L'HEURE NE SONNE.
N'EST-CE PAS QUATRE CENTS ÉCUS QUE TU DIS ?
NON, CINQ CENTS ÉCUS.
CINQ CENTS ÉCUS ?
OUI.
QUE DIABLE ALLAIT-IL FAIRE À CETTE GALÈRE ?
VOUS AVEZ RAISON, MAIS HÂTEZ-VOUS.

N'Y AVAIT-IL POINT D'AUTRE PROMENADE ?
CELA EST VRAI.
FROT! FROT!
MAIS FAITES PROMPTEMENT.
AH MAUDITE GALÈRE !
CETTE GALÈRE LUI TIENT AU CŒUR.
TIENS, SCAPIN,
JE NE ME SOUVENAIS PAS QUE JE VIENS JUSTEMENT DE RECEVOIR CETTE SOMME EN OR,
ET JE NE CROYAIS PAS QU'ELLE DÛT M'ÊTRE SI TÔT RAVIE.

ACTE II, SCÈNE VII.

QUE JE NE LES LUI DONNE NI À LA MORT, NI À LA VIE.
FORT BIEN.
ET QUE SI JAMAIS JE L'ATTRAPE, JE SAURAI ME VENGER DE LUI.
OUI.
VA,
VA VITE REQUÉRIR MON FILS.
HOLÀ, MONSIEUR.
QUOI ?
OÙ EST DONC CET ARGENT ?
NE TE L'AI-JE PAS DONNÉ ?
NON VRAIMENT, VOUS L'AVEZ REMIS DANS VOTRE POCHE.

ACTE II, SCÈNE VII.

IL NE PEUT DIGÉRER LES CINQ CENTS ÉCUS QUE JE LUI ARRACHE ;
MAIS IL N'EST PAS QUITTE ENVERS MOI,
ET JE VEUX QU'IL ME PAYE EN UNE AUTRE MONNAIE, L'IMPOSTURE QU'IL M'A FAITE AUPRÈS DE SON FILS.

ACTE II, SCÈNE VIII. OCTAVE, LÉANDRE, SCAPIN.

ET JE N'AI QUE FAIRE DE VIVRE, SI ZERBINETTE M'EST ÔTÉE.
HOLÃ, HOLÃ, TOUT DOUCEMENT. COMME DIANTRE VOUS ALLEZ VITE.
QUE VEUX-TU QUE JE DEVIENNE ?
ALLEZ, J'AI VOTRE AFFAIRE ICI.
AH TU ME REDONNES LA VIE.
MAIS À CONDITION QUE VOUS ME PERMETTREZ À MOI, UNE PETITE VENGEANCE CONTRE VOTRE PÈRE, POUR LE TOUR QU'IL M'A FAIT
TOUT CE QUE TU VOUDRAS.
VOUS ME LE PROMETTEZ DEVANT TÉMOIN.
OUI.
TENEZ, VOILÃ CINQ CENTS ÉCUS.
ALLONS-EN PROMPTEMENT ACHETER CELLE QUE J'ADORE.

ACTE III, SCÈNE PREMIÈRE. SILVESTRE, HYACINTE, ZERBINETTE, SCAPIN.

J'ACCEPTE LA PROPOSITION,
ET NE SUIS POINT PERSONNE À RECULER, LORSQU'ON M'ATTAQUE D'AMITIÉ.
ET LORSQUE C'EST D'AMOUR QU'ON VOUS ATTAQUE ?
POUR L'AMOUR, C'EST UNE AUTRE CHOSE ;
ON Y COURT UN PEU PLUS DE RISQUE,
ET JE N'Y SUIS PAS SI HARDIE.
VOUS L'ÊTES, QUE JE CROIS, CONTRE MON MAÎTRE MAINTENANT ;
ET CE QU'IL VIENT DE FAIRE POUR VOUS, DOIT VOUS DONNER DU CŒUR POUR RÉPONDRE COMME IL FAUT À SA PASSION.
JE NE M'Y FIE ENCORE QUE DE LA BONNE SORTE ;

Acte III, scène première.

ET JE N'AURAIS PAS ÉTÉ HOMME À ME MÊLER DE CETTE AFFAIRE, S'IL AVAIT UNE AUTRE PENSÉE.
C'EST CE QUE JE VEUX CROIRE, PUISQUE VOUS ME LE DITES ;
MAIS DU CÔTÉ DU PÈRE, J'Y PRÉVOIS DES EMPÊCHEMENTS.
NOUS TROUVERONS MOYEN D'ACCOMMODER LES CHOSES.
LA RESSEMBLANCE DE NOS DESTINS DOIT CONTRIBUER ENCORE À FAIRE NAÎTRE NOTRE AMITIÉ ;
ET NOUS NOUS VOYONS TOUTES DEUX DANS LES MÊMES ALARMES,
TOUTES DEUX EXPOSÉES À LA MÊME INFORTUNE.
VOUS AVEZ CET AVANTAGE, AU MOINS, QUE VOUS SAVEZ DE QUI VOUS ÊTES NÉE ;
ET QUE L'APPUI DE VOS PARENTS QUE VOUS POUVEZ FAIRE CONNAÎTRE, EST CAPABLE D'AJUSTER TOUT,

ACTE III, SCÈNE PREMIÈRE.

ET CE QUE JE VOIS DE PLUS REDOUTABLE DANS CES SORTES D'AFFAIRES,
C'EST LA PUISSANCE PATERNELLE, AUPRÈS DE QUI TOUT LE MÉRITE NE SERT DE RIEN.
HÉLAS !
POURQUOI FAUT-IL QUE DE JUSTES INCLINATIONS SE TROUVENT TRAVERSÉES ?
LA DOUCE CHOSE QUE D'AIMER,
LORSQUE L'ON NE VOIT POINT D'OBSTACLE À CES AIMABLES CHAÎNES DONT DEUX CŒURS SE LIENT ENSEMBLE !
VOUS VOUS MOQUEZ ; LA TRANQUILLITÉ EN AMOUR EST UN CALME DÉSAGRÉABLE.
UN BONHEUR TOUT UNI, NOUS DEVIENT ENNUYEUX ;
IL FAUT DU HAUT ET DU BAS DANS LA VIE ;

ET LES DIFFICULTÉS QUI SE MÊLENT AUX CHOSES, RÉVEILLENT LES ARDEURS, AUGMENTENT LES PLAISIRS.
MON DIEU, SCAPIN, FAIS-NOUS UN PEU CE RÉCIT, QU'ON M'A DIT QUI EST SI PLAISANT, DU STRATAGÈME DONT TU T'ES AVISÉ, POUR TIRER DE L'ARGENT DE TON VIEILLARD AVARE.
TU SAIS QU'ON NE PERD POINT SA PEINE, LORSQU'ON ME FAIT UN CONTE,
ET QUE JE LE PAYE ASSEZ BIEN, PAR LA JOIE QU'ON M'Y VOIT PRENDRE.
VOILÀ SILVESTRE QUI S'EN ACQUITTERA AUSSI BIEN QUE MOI.
J'AI DANS LA TÊTE CERTAINE PETITE VENGEANCE DONT JE VAIS GOÛTER LE PLAISIR.

POURQUOI, DE GAIETÉ DE CŒUR, VEUX-TU CHERCHER À T'ATTIRER DE MÉCHANTES AFFAIRES ?
JE ME PLAIS À TENTER DES ENTREPRISES HASARDEUSES.
JE TE L'AI DÉJÀ DIT, TU QUITTERAIS LE DESSEIN QUE TU AS, SI TU M'EN VOULAIS CROIRE.
OUI, MAIS C'EST MOI QUE J'EN CROIRAI.
À QUOI DIABLE TE VAS-TU AMUSER ?
DE QUOI DIABLE TE METS-TU EN PEINE ?
C'EST QUE JE VOIS QUE SANS NÉCESSITÉ TU VAS COURIR RISQUE DE T'ATTIRER UNE VENUE DE COUPS DE BÂTON.

ACTE III, SCÈNE PREMIÈRE.

IL NE SERA PAS DIT QU'IMPUNÉMENT ON M'AIT MIS EN ÉTAT DE ME TRAHIR MOI-MÊME,
ET DE DÉCOUVRIR DES SECRETS QU'IL ÉTAIT BON QU'ON NE SÛT PAS.

ACTE III, SCÈNE II. GÉRONTE, SCAPIN.

ET JE VOUDRAIS POUR BEAUCOUP, QUE VOUS FUSSIEZ DANS VOTRE LOGIS.
COMMENT DONC ?
À L'HEURE QUE JE PARLE, ON VOUS CHERCHE DE TOUTES PARTS POUR VOUS TUER.
MOI ?
OUI.
ET QUI ?
LE FRÈRE DE CETTE PERSONNE QU'OCTAVE A ÉPOUSÉE.
IL CROIT QUE LE DESSEIN QUE VOUS AVEZ DE METTRE VOTRE FILLE À LA PLACE QUE TIENT SA SŒUR,
EST CE QUI POUSSE LE PLUS FORT À FAIRE ROMPRE LEUR MARIAGE ; ET DANS CETTE PENSÉE
IL A RÉSOLU HAUTEMENT DE DÉCHARGER SON DÉSESPOIR SUR VOUS, ET VOUS ÔTER LA VIE POUR VENGER SON HONNEUR.

Acte III, scène II.

EH ?
NON, NON, NON, CE N'EST RIEN.
NE SAURAIS-TU TROUVER QUELQUE MOYEN POUR ME TIRER DE PEINE ?
J'EN IMAGINE BIEN UN ;
MAIS JE COURRAIS RISQUE MOI, DE ME FAIRE ASSOMMER.

ACTE III, SCÈNE II.

VOICI UNE AFFAIRE QUE JE ME SUIS TROUVÉE FORT À PROPOS POUR VOUS SAUVER.
IL FAUT QUE VOUS VOUS METTIEZ DANS CE SAC ET QUE...
AH !
NON, NON, NON, NON, CE N'EST PERSONNE.
IL FAUT, DIS-JE, QUE VOUS VOUS METTIEZ LÀ DEDANS, ET QUE VOUS GARDIEZ DE REMUER EN AUCUNE FAÇON.
JE VOUS CHARGERAI SUR MON DOS, COMME UN PAQUET DE QUELQUE CHOSE,
ET JE VOUS PORTERAI AINSI AU TRAVERS DE VOS ENNEMIS,
JUSQUE DANS VOTRE MAISON, OÙ QUAND NOUS SERONS UNE FOIS, NOUS POURRONS NOUS BARRICADER,
ET ENVOYER QUÉRIR MAIN-FORTE CONTRE LA VIOLENCE.
L'INVENTION EST BONNE.

LA MEILLEURE DU MONDE. VOUS ALLEZ VOIR.
TU ME PAYERAS L'IMPOSTURE.
EH ?
JE DIS QUE VOS ENNEMIS SERONT BIEN ATTRAPÉS.
METTEZ-VOUS BIEN JUSQU'AU FOND,
ET SURTOUT PRENEZ GARDE DE NE VOUS POINT MONTRER,
ET DE NE BRANLER PAS, QUELQUE CHOSE QUI PUISSE ARRIVER.
LAISSE-MOI FAIRE. JE SAURAI ME TENIR ...
CACHEZ-VOUS. VOICI UN SPADASSIN QUI VOUS CHERCHE.
ZIIIIP

"QUOI ? JĔ N'AURAI PAS L'ABANTAGE DĔ TUER CĔ GERONTE, ET QUELQU'UN PAR CHARITÉ NĔ M'ENSEI-GNERA PAS OÙ IL EST ?"
NE BRANLEZ PAS.
"CADÉDIS, JĔ LĔ TROUBERAI, SĔ CACHÂT-IL AU CENTRE DĔ LA TERRE."
NE VOUS MONTREZ PAS
"OH, L'HOMME AU SAC !"
MONSIEUR.
"JĔ TĔ VAILLE UN LOUIS, ET M'ENSEIGNE OÙ PUT ÊTRE GÉRONTE."

Acte III, scène II.

JE DÉFENDS, COMME JE DOIS, UN HOMME D'HONNEUR QU'ON OFFENSE.
"EST-CE QUE TU ES DES AMIS DÉ CÉ GERONTE ?"
OUI, MONSIEUR, J'EN SUIS.
"AH ! CADÉDIS, TU ES DE SES AMIS, Â LA VONNE HURE."
"TIENS.
BOILÂ CÉ QUE JÉ TÉ VAILLE POUR LUI."
AH, AH, AH ! AH, MONSIEUR !
AH, AH, MONSIEUR ! TOUT BEAU.
AH, DOUCEMENT, AH, AH !
"VA, PORTE-LUI CELA DE MA PART.
ADIUSIAS."

AH ! DIABLE SOIT LE GASCON ! AH !
AH, SCAPIN, JE N'EN PUIS PLUS.
AH, MONSIEUR, JE SUIS TOUT MOULU, ET LES ÉPAULES ME FONT UN MAL ÉPOUVANTABLE.
COMMENT, C'EST SUR LES MIENNES QU'IL A FRAPPÉ.
NENNI, MONSIEUR, C'ÉTAIT SUR MON DOS QU'IL FRAPPAIT.
QUE VEUX-TU DIRE ? J'AI BIEN SENTI LES COUPS, ET LES SENS BIEN ENCORE.
NON, VOUS DIS-JE, CE N'EST QUE LE BOUT DU BÂTON QUI A ÉTÉ JUSQUE SUR VOS ÉPAULES.
TU DEVAIS DONC TE RETIRER UN PEU PLUS LOIN, POUR M'ÉPARGNER...

PRENEZ GARDE.
EN VOICI UN AUTRE QUI A LA MINE D'UN ÉTRANGER.
"PARTI !
CLAP
MOI COURIR COMME UNE BASQUE, ET MOI NE POUVRE POINT TROUFAIR DE TOUT LE JOUR STI TIABLE DE GIRONTE ?"
CACHEZ-VOUS BIEN.
"DITES-MOI UN PEU FOUS, MONSIR L'HOMME, S'IL VE PLAIT, FOUS SAVOIR POINT OÙ L'EST STI GIRONTE QUE MOI CHERCHAIR ?"
NON, MONSIEUR, JE NE SAIS POINT OÙ EST GÉRONTE.

"DITES-MOI-LE VOUS FRENCHEMENTE, MOI LI FOULOIR PAS GRANDE CHOSE À LUI.
L'EST SEULEMENTE POUR LI DONNAIR UN PETITE RÉGALE SUR LE DOS D'UN DOUZAINE DE COUPS DE BÂTONNE,
ET DE TROIS OU QUATRE PETITES COUPS D'ÉPÉE AU TRAFERS DE SON POITRINE."
JE VOUS ASSURE, MONSIEUR, QUE JE NE SAIS PAS OÙ IL EST.
"IL ME SEMBLE QUE J'Y FOI REMUAIR QUELQUE CHOSE DANS STI SAC."
PARDONNEZ-MOI, MONSIEUR.
"LI EST ASSURÉMENT QUELQUE HISTOIRE LÀ TETANS."
POINT DU TOUT, MONSIEUR.
"MOI L'AVOIR ENFIE DE TONNER AIN COUP D'ÉPÉE DANS STE SAC."
AH ! MONSIEUR, GARDEZ-VOUS EN BIEN.

"MONTRE-LE-MOI UN PEU FOUS CE QUE C'ÊTRE LÀ."
TAP! TAP!
TOUT BEAU ! MONSIEUR.
"QUEMENT, TOUT BEAU ?"
VOUS N'AVEZ QUE FAIRE DE VOULOIR VOIR CE QUE JE PORTE.
"ET MOI, JE LE FOULOIR FOIR, MOI."
VOUS NE LE VERREZ POINT.
"AHI QUE DE BADINEMENTE !"
CE SONT HARDES QUI M'APPARTIENNENT.
?!
"MONTRE-MOI FOUS, TE DIS-JE."
JE N'EN FERAI RIEN.
"TOI NE FAIRE RIEN ?"
NON.

"MOI PAILLER DE STE BÂTONNE DESSUS LES ÉPAULES DE TOI."
JE ME MOQUE DE CELA.
"AH ! TOI FAIRE LE TROLE."
AHI, AHI, AHI ; AH, MONSIEUR,
SPLAT! SPLAT!
AH, AH, AH, AH !
SPLAT! SPLAT! SPLAT!
"JUSQU'AU REFOIR : L'ÊTRE LÀ UN PETIT LEÇON POUR LI APPRENDRE À TOI À PARLAIR INSOLENTEMENTE."
AH ! PESTE SOIT DU BARAGOUINEUX. AH !
AH ! JE SUIS ROUÉ.

AH ! JE SUIS MORT.
POURQUOI DIANTRE FAUT-IL QU'ILS FRAPPENT SUR MON DOS ?
PRENEZ GARDE, VOICI UNE DEMI-DOUZAINE DE SOLDATS TOUT ENSEMBLE.
?
"ALLONS,
TÂCHONS À TROUVER CE GÉRONTE,
CHERCHONS PARTOUT.
N'ÉPARGNONS POINT NOS PAS.
COURONS TOUTE LA VILLE.
N'OUBLIONS AUCUN LIEU.
VISITONS TOUT. FURETONS DE TOUS LES CÔTÉS.
PAR OÙ IRONS NOUS ?
TOURNONS PAR LÀ.
NON, PAR ICI.

Acte III, scène II.

EH ! MESSIEURS, DOUCEMENT.
"SI TU NE NOUS FAIS TROUVER TON MAÎTRE TOUT À L'HEURE,
NOUS ALLONS FAIRE PLEUVOIR SUR TOI UNE ONDÉE DE COUPS DE BÂTON."
J'AIME MIEUX SOUFFRIR TOUTE CHOSE QUE DE VOUS DÉCOUVRIR MON MAÎTRE.
"NOUS ALLONS T'ASSOMMER."
FAITES TOUT CE QU'IL VOUS PLAIRA.
"TU AS ENVIE D'ÊTRE BATTU."
JE NE TRAHIRAI POINT MON MAÎTRE.

Acte III, scène II.

C'EST AINSI
QUE TU
M'ASSASSINES.

ACTE III, SCÈNE III. ZERBINETTE, GÉRONTE.

COMMENT ? QUI SONGE À SE MOQUER DE VOUS ?
POURQUOI VENEZ-VOUS ICI ME RIRE AU NEZ ?
CELA NE VOUS REGARDE POINT,
ET JE RIS TOUTE SEULE D'UN CONTE QU'ON VIENT DE ME FAIRE, LE PLUS PLAISANT QU'ON PUISSE ENTENDRE.
JE NE SAIS PAS SI C'EST PARCE QUE JE SUIS INTÉRESSÉE DANS LA CHOSE ;
MAIS JE N'AI JAMAIS TROUVÉ RIEN DE SI DRÔLE QU'UN TOUR QUI VIENT D'ÊTRE JOUÉ PAR UN FILS À SON PÈRE, POUR EN ATTRAPER DE L'ARGENT.
PAR UN FILS À SON PÈRE, POUR EN ATTRAPER DE L'ARGENT ?
OUI.
POUR PEU QUE VOUS ME PRESSIEZ, VOUS ME TROUVEREZ ASSEZ DISPOSÉE À VOUS DIRE L'AFFAIRE,
ET J'AI UNE DÉMANGEAISON NATURELLE À FAIRE PART DES CONTES QUE JE SAIS.

Acte III, scène III.

LA DESTINÉE A VOULU QUE JE ME TROUVASSE PARMI UNE BANDE DE CES PERSONNES, QU'ON APPELLE ÉGYPTIENS,
ET QUI RÔDANT DE PROVINCE EN PROVINCE,
SE MÊLENT DE DIRE LA BONNE FORTUNE,
ET QUELQUEFOIS DE BEAUCOUP D'AUTRES CHOSES.
EN ARRIVANT DANS CETTE VILLE, UN JEUNE HOMME ME VIT,
ET CONÇUT POUR MOI DE L'AMOUR.
DÈS CE MOMENT IL S'ATTACHE À MES PAS,
ET LE VOILÀ D'ABORD, COMME TOUS LES JEUNES GENS,
QUI CROIENT QU'IL N'Y A QU'À PARLER, ET QU'AU MOINDRE MOT QU'ILS NOUS DISENT, LEURS AFFAIRES SONT FAITES :

ACTE III, SCÈNE III.

NE ME SAURAIS-JE SOUVENIR DE SON NOM ?
SNAP!
HAI !
AIDEZ-MOI UN PEU.
NE POUVEZ-VOUS ME NOMMER QUELQU'UN DE CETTE VILLE QUI SOIT CONNU POUR ÊTRE AVARE AU DERNIER POINT ?
NON.
IL Y A À SON NOM DU RON...
RONTE.
OR...
ORONTE.
NON.
GÉ...

ACTE III, SCÈNE III.

POUR LE NOM DU SERVITEUR, JE LE SAIS À MERVEILLE. IL S'APPELLE SCAPIN ;
KRRR!
KRR!
C'EST UN HOMME INCOMPARABLE,
ET IL MÉRITE TOUTES LES LOUANGES QU'ON PEUT DONNER.
AH COQUIN QUE TU ES !
VOICI LE STRATAGÈME DONT IL S'EST SERVI POUR ATTRAPER SA DUPE.
AH, AH, AH, AH.
JE NE SAURAIS M'EN SOUVENIR, QUE JE NE RIE DE TOUT MON CŒUR.
PLOC!
AH, AH, AH.
IL EST ALLÉ TROUVER CE CHIEN D'AVARE, AH, AH AH ;

ACTE III, SCÈNE III.

S'IL NE LUI ENVOYAIT TOUT À L'HEURE CINQ CENTS ÉCUS.
AH, AH, AH.
VOILÀ MON LADRE, MON VILAIN DANS DE FURIEUSES ANGOISSES ET LA TENDRESSE QU'IL A POUR SON FILS, FAIT UN COMBAT ÉTRANGE AVEC SON AVARICE.
CINQ CENTS ÉCUS QU'ON LUI DEMANDE,
SONT JUSTEMENT CINQ CENTS COUPS DE POIGNARD QU'ON LUI DONNE.
AH, AH, AH.
IL NE PEUT SE RÉSOUDRE À TIRER CETTE SOMME DE SES ENTRAILLES ;

ACTE III, SCÈNE III.

LE VALET LUI FAIT COMPRENDRE À TOUS COUPS L'IMPERTINENCE DE SES PROPOSITIONS,
ET CHAQUE RÉFLEXION EST DOULOUREUSEMENT ACCOMPAGNÉE D'UN :
"MAIS QUE DIABLE ALLAIT-IL FAIRE À CETTE GALÈRE ?
AH MAUDITE GALÈRE !
TRAÎTRE DE TURC !"
ENFIN APRÈS PLUSIEURS DÉTOURS, APRÈS AVOIR LONGTEMPS GÉMI
ET SOUPIRÉ...
MAIS
IL ME SEMBLE QUE VOUS NE RIEZ POINT DE MON CONTE. QU'EN DITES-VOUS ?

JE DIS
QUE LE JEUNE HOMME EST UN PENDARD,
UN INSOLENT,
QUI SERA PUNI PAR SON PÈRE, DU TOUR QU'IL LUI A FAIT ;
QUE L'ÉGYPTIENNE EST UNE MALAVISÉE,
UNE IMPERTINENTE,
DE DIRE DES INJURES À UN HOMME D'HONNEUR

QUI SAURA LUI APPRENDRE À VENIR ICI DÉBAUCHER LES ENFANTS DE FAMILLE ;
ET QUE LE VALET EST UN SCÉLÉRAT,
QUI SERA PAR GÉRONTE ENVOYÉ AU GIBET
AVANT QU'IL SOIT DEMAIN.

Acte III, scène IV. Silvestre, Zerbinette.

JE VIENS DE M'EN DOUTER,
ET JE ME SUIS ADRESSÉE À LUI-MÊME SANS Y PENSER,
POUR LUI CONTER SON HISTOIRE.
COMMENT, SON HISTOIRE ?
OUI,
J'ÉTAIS TOUTE REMPLIE DU CONTE, ET JE BRÛLAIS DE LE REDIRE.
MAIS QU'IMPORTE ? TANT PIS POUR LUI.
JE NE VOIS PAS QUE LES CHOSES POUR NOUS EN PUISSENT ÊTRE NI PIS, NI MIEUX.
VOUS AVIEZ GRANDE ENVIE DE BABILLER ; ET C'EST AVOIR BIEN DE LA LANGUE, QUE DE NE POUVOIR SE TAIRE DE SES PROPRES AFFAIRES.
N'AURAIT-IL PAS APPRIS CELA DE QUELQUE AUTRE ?

ACTE III, SCÈNE V. ARGANTE, SILVESTRE.

VOUS VOUS ÊTES DONC ACCORDÉS, COQUIN ;
VOUS VOUS ÊTES ACCORDÉS,
SCAPIN, VOUS, ET MON FILS,
POUR ME FOURBER,
ET VOUS CROYEZ QUE JE L'ENDURE ?

MA FOI, MONSIEUR,
SI SCAPIN VOUS FOURBE, JE M'EN LAVE LES MAINS,
ET VOUS ASSURE QUE JE N'Y TREMPE EN AUCUNE FAÇON.
NOUS VERRONS CETTE AFFAIRE, PENDARD,
NOUS VERRONS CETTE AFFAIRE,
ET JE NE PRÉTENDS PAS QU'ON ME FASSE PASSER LA PLUME PAR LE BEC.

AH, SEIGNEUR ARGANTE,
VOUS ME VOYEZ ACCABLÉ DE DISGRÂCE.
VOUS ME VOYEZ AUSSI DANS UN ACCABLEMENT HORRIBLE.
LE PENDARD DE SCAPIN,
PAR UNE FOURBERIE,
M'A ATTRAPÉ CINQ CENTS ÉCUS.

Acte III, scène VI.

PLAISE AU CIEL, QUE DANS TOUT CECI JE N'AIE POINT MA PART !
MAIS CE N'EST PAS ENCORE TOUT, SEIGNEUR ARGANTE,
ET UN MALHEUR NOUS EST TOUJOURS L'AVANT-COUREUR D'UN AUTRE.
JE ME RÉJOUISSAIS AUJOURD'HUI DE L'ESPÉRANCE D'AVOIR MA FILLE,
DONT JE FAISAIS TOUTE MA CONSOLATION ;
ET JE VIENS D'APPRENDRE DE MON HOMME QU'ELLE EST PARTIE IL Y A LONGTEMPS DE TARENTE,
ET QU'ON Y CROIT QU'ELLE A PÉRI DANS LE VAISSEAU OÙ ELLE S'EMBARQUA.

Acte III, scène VI.

Acte III, scène VII. Géronte, Nérine, Argante, Silvestre.

ACTE III, SCÈNE VII.

FAUTE DE VOUS RENCONTRER, JE ME SUIS TROUVÉE AVEC ELLE.
MA FILLE MARIÉE !
OUI, MONSIEUR.
ET AVEC QUI ?
AVEC UN JEUNE HOMME NOMMÉ OCTAVE,
FILS D'UN CERTAIN SEIGNEUR ARGANTE.
Ô CIEL !
QUELLE RENCONTRE !

ACTE III, SCÈNE VII.

VOILÀ UNE AVENTURE QUI EST TOUT À FAIT SURPRENANTE !

Acte III, scène VIII. Scapin, Silvestre.

L'AUTRE AVIS,
C'EST QUE LES DEUX VIEILLARDS FONT CONTRE TOI DES MENACES ÉPOUVANTABLES,
ET SURTOUT LE SEIGNEUR GÉRONTE.
CELA N'EST RIEN.
LES MENACES NE M'ONT JAMAIS FAIT MAL ;
ET CE SONT DES NUÉES QUI PASSENT BIEN LOIN SUR NOS TÊTES.
PRENDS GARDE À TOI,

Acte III, scène VIII.

Acte III, scène IX. Géronte, Argante, Silvestre, Nérine, Hyacinte.

ACTE III, SCÈNE X. ARGANTE, OCTAVE, GÉRONTE, SILVESTRE, HYACINTE, ZERBINETTE, NÉRINE.

OUI ;
MAIS TU NE SAIS PAS...
JE SAIS TOUT CE QU'IL FAUT SAVOIR.
JE VEUX TE DIRE QUE LA FILLE DU SEIGNEUR GÉRONTE...
LA FILLE DU SEIGNEUR GÉRONTE NE ME SERA JAMAIS DE RIEN.
C'EST ELLE...
NON, MONSIEUR,
JE VOUS DEMANDE PARDON, MES RÉSOLUTIONS SONT PRISES.

Acte III, scène X.

JE L'AIMERAI TOUTE MA VIE, ET JE NE VEUX POINT D'AUTRE FEMME.
HÉ BIEN, C'EST ELLE QU'ON TE DONNE.
QUEL DIABLE D'ÉTOURDI, QUI SUIT TOUJOURS SA POINTE.
OUI, OCTAVE,
VOILÀ MON PÈRE QUE J'AI TROUVÉ, ET NOUS NOUS VOYONS HORS DE PEINE.

ACTE III, SCÈNE X.

MONSIEUR,
JE VOUS PRIE DE M'EXCUSER.
JE N'AURAIS PAS PARLÉ DE LA SORTE, SI J'AVAIS SU QUE C'ÉTAIT VOUS,
ET JE NE VOUS CONNAISSAIS QUE DE RÉPUTATION.
COMMENT, QUE DE RÉPUTATION ?
MON PÈRE, LA PASSION QUE MON FRÈRE A POUR ELLE, N'A RIEN DE CRIMINEL,
ET JE RÉPONDS DE SA VERTU.
VOILÀ QUI EST FORT BIEN.
NE VOUDRAIT-ON POINT QUE JE MARIASSE MON FILS AVEC ELLE ?
UNE FILLE INCONNUE, QUI FAIT LE MÉTIER DE COUREUSE.

Acte III, scène XI. Léandre, Argante, Géronte, Hyacinte, Octave, Zerbinette, Silvestre, Nérine.

ET VOICI UN BRACELET QU'ILS M'ONT DONNÉ,
QUI POURRA NOUS AIDER À TROUVER SES PARENTS.

Acte III, scène XI.

ACTE III, SCÈNE XII. CARLE, GÉRONTE, ARGANTE, LÉANDRE, OCTAVE, HYACINTE, ZERBINETTE, SILVESTRE, NÉRINE.

Acte III, scène XII.

ET IL A PRIÉ QU'ON L'APPORTÂT ICI
POUR VOUS POUVOIR PARLER AVANT QUE DE MOURIR.
OÙ EST-IL ?
LE VOILÀ.

Acte III, scène dernière. Scapin, Argante, Géronte, etc.

AHI.
OUI, MESSIEURS, AVANT QUE DE RENDRE LE DERNIER SOUPIR,
JE VOUS CONJURE DE TOUT MON CŒUR,
DE VOULOIR ME PARDONNER TOUT CE QUE JE PUIS VOUS AVOIR FAIT,
ET PRINCIPALEMENT LE SEIGNEUR ARGANTE, ET LE SEIGNEUR GÉRONTE.
AHI.
POUR MOI, JE TE PARDONNE ;

Acte III, scène dernière.

UNE DOULEUR INCONCEVABLE DES COUPS DE BÂTON QUE...
MON DIEU, TAIS-TOI.
LES MALHEUREUX COUPS DE BÂTON QUE JE VOUS...
TAIS-TOI, TE DIS-JE, J'OUBLIE TOUT.
HÉLAS, QUELLE BONTÉ !
MAIS EST-CE DE BON CŒUR, MONSIEUR,
QUE VOUS ME PARDONNEZ CES COUPS DE BÂTON QUE...
EH OUI.
NE PARLONS PLUS DE RIEN ;
JE TE PARDONNE TOUT, VOILÀ QUI EST FAIT.

Acte III, scène dernière.

ALLONS SOUPER ENSEMBLE,
POUR MIEUX GOÛTER NOTRE PLAISIR.
ET MOI, QU'ON ME PORTE AU BOUT DE LA TABLE,
EN ATTENDANT QUE JE MEURE.
MOLIÈRE + SAINT-FÉLIX + KOGUS

LES PERSONNAGES

ARGANTE	Père d'Octave et de Zerbinette.
GÉRONTE	Père de Léandre et de Hyacinte.
OCTAVE	Fils d'Argante, et amant de Hyacinte.
LÉANDRE	Fils de Géronte, et amant de Zerbinette.
ZERBINETTE	Crue Égyptienne, et reconnue fille d'Argante, et amante de Léandre.
HYACINTE	Fille de Géronte, et amante d'Octave.
SCAPIN	Valet de Léandre, et fourbe.
SILVESTRE	Valet d'Octave.
NÉRINE	Nourrice de Hyacinte.
CARLE	Fourbe.
DEUX PORTEURS	

les Fourberies de Scapin

La Scène est à Naples.

ACTE PREMIER

Scène première — OCTAVE, SILVESTRE.

OCTAVE. — Ah fâcheuses nouvelles pour un cœur amoureux ! Dures extrémités où je me vois réduit ! Tu viens, Silvestre, d'apprendre au port, que mon père revient ?

SILVESTRE. — Oui.

OCTAVE. — Qu'il arrive ce matin même ?

SILVESTRE. — Ce matin même.

OCTAVE. — Et qu'il revient dans la résolution de me marier ?

SILVESTRE. — Oui.

OCTAVE. — Avec une fille du seigneur Géronte ?

SILVESTRE. — Du seigneur Géronte.

OCTAVE. — Et que cette fille est mandée de Tarente ici pour cela ?

SILVESTRE. — Oui.

OCTAVE. — Et tu tiens ces nouvelles de mon oncle ?

SILVESTRE. — De votre oncle.

OCTAVE. — À qui mon père les a mandées par une lettre ?

SILVESTRE. — Par une lettre.

OCTAVE. — Et cet oncle, dis-tu, sait toutes nos affaires.

SILVESTRE. — Toutes nos affaires.

OCTAVE. — Ah parle, si tu veux, et ne te fais point de la sorte, arracher les mots de la bouche.

SILVESTRE. — Qu'ai-je à parler davantage ! Vous n'oubliez aucune circonstance, et vous dites les choses tout justement comme elles sont.

OCTAVE. — Conseille-moi, du moins, et me dis ce que je dois faire dans ces cruelles conjonctures.

SILVESTRE. — Ma foi, je m'y trouve autant embarrassé que vous, et j'aurais bon besoin que l'on me conseillât moi-même.

OCTAVE. — Je suis assassiné par ce maudit retour.

SILVESTRE. — Je ne le suis pas moins.

OCTAVE. — Lorsque mon père apprendra les choses, je vais voir fondre sur moi un orage soudain d'impétueuses réprimandes.

SILVESTRE. — Les réprimandes ne sont rien ; et plût au Ciel que j'en fusse quitte à ce prix ! Mais j'ai bien la mine, pour moi, de payer plus cher vos folies, et je vois se former de loin un nuage de coups de bâton qui crèvera sur mes épaules.

OCTAVE. — Ô Ciel ! Par où sortir de l'embarras où je me trouve ?

SILVESTRE. — C'est à quoi vous deviez songer, avant que de vous y jeter.

OCTAVE. — Ah tu me fais mourir par tes leçons hors de saison.

SILVESTRE. — Vous me faites bien plus mourir, par vos actions étourdies.

OCTAVE. — Que dois-je faire ? Quelle résolution prendre ? À quel remède recourir ?

SCÈNE II — SCAPIN, OCTAVE, SILVESTRE.

SCAPIN. — Qu'est-ce, Seigneur Octave, qu'avez-vous ? Qu'y a-t-il ? Quel désordre est-ce là ? Je vous vois tout troublé.

OCTAVE. — Ah, mon pauvre Scapin, je suis perdu, je suis désespéré ; je suis le plus infortuné de tous les hommes.

SCAPIN. — Comment ?

OCTAVE. — N'as-tu rien appris de ce qui me regarde ?

SCAPIN. — Non.

OCTAVE. — Mon père arrive avec le seigneur Géronte, et ils me veulent marier.

SCAPIN. — Hé bien, qu'y a-t-il là de si funeste ?

OCTAVE. — Hélas ! Tu ne sais pas la cause de mon inquiétude.

SCAPIN. — Non ; mais il ne tiendra qu'à vous que je la sache bientôt ; et je suis homme consolatif, homme à m'intéresser aux affaires des jeunes gens.

OCTAVE. — Ah ! Scapin, si tu pouvais trouver quelque invention, forger quelque machine, pour me tirer de la peine où je suis, je croirais t'être redevable de plus que de la vie.

SCAPIN. — À vous dire la vérité, il y a peu de choses qui me soient impossibles, quand je m'en veux mêler. J'ai sans doute reçu du Ciel un génie assez beau pour toutes les fabriques de ces gentillesses d'esprit, de ces galanteries ingénieuses à qui le vulgaire ignorant donne le nom de fourberies ; et je puis dire sans vanité, qu'on n'a guère vu d'homme qui fût plus habile ouvrier de ressorts et d'intrigues ; qui ait acquis plus de gloire que moi dans ce noble métier : mais, ma foi, le mérite est trop maltraité aujourd'hui, et j'ai renoncé à toutes choses depuis certain chagrin d'une affaire qui m'arriva.

OCTAVE. — Comment ? Quelle affaire, Scapin ?

SCAPIN. — Une aventure où je me brouillai avec la justice.

OCTAVE. — La justice !

SCAPIN. — Oui, nous eûmes un petit démêlé ensemble.

SILVESTRE. — Toi, et la justice ?

SCAPIN. — Oui. Elle en usa fort mal avec moi, et je me dépitai de telle sorte contre l'ingratitude du siècle, que je résolus de ne plus rien faire. Baste. Ne laissez pas de me conter votre aventure.

OCTAVE. — Tu sais, Scapin, qu'il y a deux mois que le seigneur Géronte, et mon père, s'embarquèrent ensemble pour un voyage qui regarde certain commerce où leurs intérêts sont mêlés.

SCAPIN. — Je sais cela.

OCTAVE. — Et que Léandre et moi nous fûmes laissés par nos pères ; moi sous la conduite de Silvestre ; et Léandre sous ta direction.

SCAPIN. — Oui, je me suis fort bien acquitté de ma charge.

OCTAVE. — Quelque temps après, Léandre fit rencontre d'une jeune Égyptienne dont il devint amoureux.

SCAPIN. — Je sais cela encore.

OCTAVE. — Comme nous sommes grands amis, il me fit aussitôt confidence de son amour, et me mena voir cette fille, que je trouvai belle à la vérité, mais non pas tant qu'il voulait que je la trouvasse. Il ne m'entretenait que d'elle chaque jour ; m'exagérait à tous moments sa beauté, et sa grâce ; me louait son esprit, et me parlait avec transport des charmes de son entretien, dont il me rapportait jusqu'aux moindres paroles, qu'il s'efforçait toujours de me faire trouver les plus spirituelles du monde. Il me querellait quelquefois de n'être pas assez sensible aux choses qu'il me venait dire, et me blâmait sans cesse de l'indifférence où j'étais pour les feux de l'amour.

SCAPIN. — Je ne vois pas encore où ceci veut aller.

OCTAVE. — Un jour que je l'accompagnais pour aller chez les gens qui gardent l'objet de ses vœux, nous entendîmes dans une petite maison d'une rue écartée, quelques plaintes mêlées de beaucoup de sanglots. Nous demandons ce que c'est. Une femme nous dit en soupirant, que nous pouvions voir là quelque chose de pitoyable en des personnes étrangères ; et qu'à moins que d'être insensibles, nous en serions touchés.

SCAPIN. — Où est-ce que cela nous mène ?

OCTAVE. — La curiosité me fit presser Léandre de voir ce que c'était. Nous entrons dans une salle, où nous voyons une vieille femme mourante, assistée d'une servante qui faisait des regrets, et d'une jeune fille toute fondante en larmes, la plus belle, et la plus touchante qu'on puisse jamais voir.

SCAPIN. — Ah, ah.

OCTAVE. — Une autre aurait paru effroyable en l'état où elle était ; car elle n'avait pour habillement qu'une méchante petite jupe, avec des brassières de nuit qui étaient de simple futaine ; et sa coiffure était une cornette jaune, retroussée au haut de sa tête, qui laissait tomber en désordre ses cheveux sur ses épaules ; et cependant faite comme cela, elle brillait de mille attraits, et ce n'était qu'agréments et que charmes, que toute sa personne.

SCAPIN. — Je sens venir les choses.

OCTAVE. — Si tu l'avais vue, Scapin, en l'état que je dis, tu l'aurais trouvée admirable.

SCAPIN. — Oh je n'en doute point ; et sans l'avoir vue, je vois bien qu'elle était tout à fait charmante.

OCTAVE. — Ses larmes n'étaient point de ces larmes désagréables, qui défigurent un visage ; elle avait à pleurer, une grâce touchante ; et sa douleur était la plus belle du monde.

SCAPIN. — Je vois tout cela.

OCTAVE. — Elle faisait fondre chacun en larmes, en se jetant amoureusement sur le corps de cette mourante, qu'elle appelait sa chère mère ; et il n'y avait personne qui n'eût l'âme percée, de voir un si bon naturel.

SCAPIN. — En effet, cela est touchant ; et je vois bien que ce bon naturel-là vous la fit aimer.

OCTAVE. — Ah ! Scapin, un barbare l'aurait aimée.

SCAPIN. — Assurément. Le moyen de s'en empêcher ?

OCTAVE. — Après quelques paroles, dont je tâchai d'adoucir la douleur de cette charmante affligée, nous sortîmes de là ; et demandant à Léandre ce qu'il lui semblait de cette personne, il me répondit froidement qu'il la trouvait assez jolie. Je fus piqué de la froideur avec laquelle il m'en parlait, et je ne voulus point lui découvrir l'effet que ses beautés avaient fait sur mon âme.

SILVESTRE. — Si vous n'abrégez ce récit, nous en voilà pour jusqu'à demain. Laissez-le-moi finir en deux mots. Son cœur prend feu dès ce moment. Il ne saurait plus vivre, qu'il n'aille consoler son aimable affligée. Ses fréquentes visites sont rejetées de la servante, devenue la gouvernante par le trépas de la mère ; voilà mon homme au désespoir.

Il presse, supplie, conjure ; point d'affaire. On lui dit que la fille, quoique sans bien, et sans appui, est de famille honnête ; et qu'à moins que de l'épouser, on ne peut souffrir ses poursuites. Voilà son amour augmenté par les difficultés. Il consulte dans sa tête, agite, raisonne, balance, prend sa résolution ; le voilà marié avec elle depuis trois jours.

SCAPIN. — J'entends.

SILVESTRE. — Maintenant mets avec cela le retour imprévu du père, qu'on n'attendait que dans deux mois ; la découverte que l'oncle a faite du secret de notre mariage, et l'autre mariage qu'on veut faire de lui avec la fille que le seigneur Géronte a eue d'une seconde femme qu'on dit qu'il a épousée à Tarente.

OCTAVE. — Et par-dessus tout cela, mets encore l'indigence où se trouve cette aimable personne, et l'impuissance où je me vois d'avoir de quoi la secourir.

SCAPIN. — Est-ce là tout ? Vous voilà bien embarrassés tous deux pour une bagatelle. C'est bien là de quoi se tant alarmer. N'as-tu point de honte, toi, de demeurer court à si peu de chose ? Que diable, te voilà grand et gros comme père et mère, et tu ne saurais trouver dans ta tête, forger dans ton esprit quelque ruse galante, quelque honnête petit stratagème, pour ajuster vos affaires ? Fi. Peste soit du butor. Je voudrais bien que l'on m'eût donné autrefois nos vieillards à duper ; je les aurais joués tous deux par-dessous la jambe ; et je n'étais pas plus grand que cela, que je me signalais déjà par cent tours d'adresse jolis.

SILVESTRE. — J'avoue que le Ciel ne m'a pas donné tes talents, et que je n'ai pas l'esprit, comme toi, de me brouiller avec la justice.

OCTAVE. — Voici mon aimable Hyacinte.

SCÈNE III — HYACINTE, OCTAVE, SCAPIN, SILVESTRE.

HYACINTE. — Ah, Octave, est-il vrai ce que Silvestre vient de dire à Nérine ? Que votre père est de retour, et qu'il veut vous marier ?

OCTAVE. — Oui, belle Hyacinte, et ces nouvelles m'ont donné une atteinte cruelle. Mais que vois-je ? Vous pleurez ! Pourquoi ces larmes ? Me soupçonnez-vous, dites-moi, de quelque infidélité, et n'êtes-vous pas assurée de l'amour que j'ai pour vous ?

HYACINTE. — Oui, Octave, je suis sûre que vous m'aimez ; mais je ne le suis pas que vous m'aimiez toujours.

OCTAVE. — Eh peut-on vous aimer, qu'on ne vous aime toute sa vie ?

HYACINTE. — J'ai ouï dire, Octave, que votre sexe aime moins longtemps que le nôtre, et que les ardeurs que les hommes font voir, sont des feux qui s'éteignent aussi facilement qu'ils naissent.

OCTAVE. — Ah ! Ma chère Hyacinte, mon cœur n'est donc pas fait comme celui des autres hommes, et je sens bien pour moi que je vous aimerai jusqu'au tombeau.

HYACINTE. — Je veux croire que vous sentez ce que vous dites, et je ne doute point que vos paroles ne soient sincères ; mais je crains un pouvoir qui combattra dans votre cœur les tendres sentiments que vous pouvez avoir pour moi. Vous dépendez d'un père, qui veut vous marier à une autre personne ; et je suis sûre que je mourrai, si ce malheur m'arrive.

OCTAVE. — Non, belle Hyacinte, il n'y a point de père qui puisse me contraindre à vous manquer de foi, et je me résoudrai à quitter mon pays, et le jour même, s'il est besoin, plutôt qu'à vous quitter. J'ai déjà pris, sans l'avoir vue, une aversion effroyable pour celle que l'on me destine ; et sans être cruel, je souhaiterais que la mer l'écartât d'ici pour jamais. Ne pleurez donc point, je vous prie, mon aimable Hyacinte, car vos larmes me tuent, et je ne les puis voir sans me sentir percer le cœur.

HYACINTE. — Puisque vous le voulez, je veux bien essuyer mes pleurs, et j'attendrai d'un œil constant ce qu'il plaira au Ciel de résoudre de moi.

OCTAVE. — Le Ciel nous sera favorable.

HYACINTE. — Il ne saurait m'être contraire, si vous m'êtes fidèle.

OCTAVE. — Je le serai assurément.

HYACINTE. — Je serai donc heureuse.

SCAPIN. — Elle n'est point tant sotte, ma foi, et je la trouve assez passable.

OCTAVE. — Voici un homme qui pourrait bien, s'il le voulait, nous être dans tous nos besoins, d'un secours merveilleux.

SCAPIN. — J'ai fait de grands serments de ne me mêler plus du monde ; mais si vous m'en priez bien fort tous deux, peut-être...

OCTAVE. — Ah, s'il ne tient qu'à te prier bien fort pour obtenir ton aide, je te conjure de tout mon cœur de prendre la conduite de notre barque.

SCAPIN. — Et vous, ne me dites-vous rien ?

HYACINTE. — Je vous conjure, à son exemple, par tout ce qui vous est le plus cher au monde, de vouloir servir notre amour.

SCAPIN. — Il faut se laisser vaincre, et avoir de l'humanité. Allez, je veux m'employer pour vous.

OCTAVE. — Crois que...

SCAPIN. — Chut. Allez-vous-en, vous, et soyez en repos. Et vous, préparez-vous à soutenir avec fermeté l'abord de votre père.

OCTAVE. — Je t'avoue que cet abord me fait trembler par avance, et j'ai une timidité naturelle que je ne saurais vaincre.

SCAPIN. — Il faut pourtant paraître ferme au premier choc, de peur que, sur votre faiblesse, il ne prenne le pied de vous mener comme un enfant. Là, tâchez de vous composer par étude. Un peu de hardiesse, et songez à répondre résolument sur tout ce qu'il pourra vous dire.

OCTAVE. — Je ferai du mieux que je pourrai.

SCAPIN. — Çà, essayons un peu, pour vous accoutumer. Répétons un peu votre rôle, et voyons si vous ferez bien. Allons. La mine résolue, la tête haute, les regards assurés.

OCTAVE. — Comme cela ?

SCAPIN. — Encore un peu davantage.

OCTAVE. — Ainsi ?

SCAPIN. — Bon. Imaginez-vous que je suis votre père qui arrive, et répondez-moi fermement comme si c'était à lui-même. «Comment, pendard, vaurien, infâme, fils indigne d'un père comme moi, oses-tu bien paraître devant mes yeux après tes bons déportements, après le lâche tour que tu m'as joué pendant mon absence ? Est-ce là le fruit de mes soins, maraud ? Est-ce là le fruit de mes soins ? Le respect qui m'est dû ? Le respect que tu me conserves ?» Allons donc. «Tu as l'insolence, fripon, de t'engager sans le consentement de ton père, de contracter un mariage clandestin ? Réponds-moi, coquin, réponds-moi. Voyons un peu tes belles raisons.» Oh ! Que diable ! Vous demeurez interdit !

OCTAVE. — C'est que je m'imagine que c'est mon père que j'entends.

SCAPIN. — Eh oui. C'est par cette raison qu'il ne faut pas être comme un innocent.

OCTAVE. — Je m'en vais prendre plus de résolution, et je répondrai fermement.

SCAPIN. — Assurément ?

OCTAVE. — Assurément.

SILVESTRE. — Voilà votre père qui vient.

OCTAVE. — Ô Ciel ! Je suis perdu.

SCAPIN. — Holà, Octave, demeurez. Octave. Le voilà enfui. Quelle pauvre espèce d'homme ! Ne laissons pas d'attendre le vieillard.

SILVESTRE. — Que lui dirai-je ?

SCAPIN. — Laisse-moi dire, moi, et ne fais que me suivre.

SCÈNE IV — ARGANTE, SCAPIN, SILVESTRE.

ARGANTE. — A-t-on jamais ouï parler d'une action pareille à celle-là ?

SCAPIN. — Il a déjà appris l'affaire, et elle lui tient si fort en tête, que tout seul il en parle haut.

ARGANTE. — Voilà une témérité bien grande !

SCAPIN. — Écoutons-le un peu.

ARGANTE. — Je voudrais bien savoir ce qu'ils me pourront dire sur ce beau mariage.

SCAPIN. — Nous y avons songé.

ARGANTE. — Tâcheront-ils de me nier la chose ?

SCAPIN. — Non, nous n'y pensons pas.

ARGANTE. — Ou s'ils entreprendront de l'excuser ?

SCAPIN. — Celui-là se pourra faire.

ARGANTE. — Prétendront-ils m'amuser par des contes en l'air ?

SCAPIN. — Peut-être.

ARGANTE. — Tous leurs discours seront inutiles.

SCAPIN. — Nous allons voir.

ARGANTE. — Ils ne m'en donneront point à garder.

SCAPIN. — Ne jurons de rien.

ARGANTE. — Je saurai mettre mon pendard de fils en lieu de sûreté.

SCAPIN. — Nous y pourvoirons.

ARGANTE. — Et pour le coquin de Silvestre, je le rouerai de coups.

SILVESTRE. — J'étais bien étonné s'il m'oubliait.

ARGANTE. — Ah, ah, vous voilà donc, sage gouverneur de famille, beau directeur de jeunes gens.

SCAPIN. — Monsieur, je suis ravi de vous voir de retour.

ARGANTE. — Bonjour, Scapin, vous avez suivi mes ordres vraiment d'une belle manière, et mon fils s'est comporté fort sagement pendant mon absence.

SCAPIN. — Vous vous portez bien, à ce que je vois ?

ARGANTE. — Assez bien. *(À Silvestre.)* Tu ne dis mot, coquin, tu ne dis mot.

SCAPIN. — Votre voyage a-t-il été bon ?

ARGANTE. — Mon Dieu, fort bon. Laisse-moi un peu quereller en repos.

SCAPIN. — Vous voulez quereller ?

ARGANTE. — Oui, je veux quereller.

SCAPIN. — Et qui, Monsieur ?

ARGANTE. — Ce maraud-là.

SCAPIN. — Pourquoi ?

ARGANTE. — Tu n'as pas ouï parler de ce qui s'est passé dans mon absence ?

SCAPIN. — J'ai bien ouï parler de quelque petite chose.

ARGANTE. — Comment quelque petite chose ! Une action de cette nature ?

SCAPIN. — Vous avez quelque raison.

ARGANTE. — Une hardiesse pareille à celle-là ?

SCAPIN. — Cela est vrai.

ARGANTE. — Un fils qui se marie sans le consentement de son père ?

SCAPIN. — Oui, il y a quelque chose à dire à cela. Mais je serais d'avis que vous ne fissiez point de bruit.

ARGANTE. — Je ne suis pas de cet avis, moi, et je veux faire du bruit tout mon soûl. Quoi, tu ne trouves pas que j'aie tous les sujets du monde d'être en colère ?

SCAPIN. — Si fait, j'y ai d'abord été, moi, lorsque j'ai su la chose, et je me suis intéressé pour vous, jusqu'à quereller votre fils. Demandez-lui un peu quelles belles réprimandes je lui ai faites, et comme je l'ai chapitré sur le peu de respect qu'il gardait à un père, dont il devrait baiser les pas. On ne peut pas lui mieux parler, quand ce serait vous-même. Mais quoi, je me suis rendu à la raison, et j'ai considéré que dans le fond, il n'a pas tant de tort qu'on pourrait croire.

ARGANTE. — Que me viens-tu conter ? Il n'a pas tant de tort de s'aller marier de but en blanc avec une inconnue ?

SCAPIN. — Que voulez-vous, il y a été poussé par sa destinée.

ARGANTE. — Ah, ah, voici une raison la plus belle du monde. On n'a plus qu'à commettre tous les crimes imaginables, tromper, voler, assassiner, et dire pour excuse, qu'on y a été poussé par sa destinée.

SCAPIN. — Mon Dieu, vous prenez mes paroles trop en philosophe. Je veux dire qu'il s'est trouvé fatalement engagé dans cette affaire.

ARGANTE. — Et pourquoi s'y engageait-il ?

SCAPIN. — Voulez-vous qu'il soit aussi sage que vous ? Les jeunes gens sont jeunes, et n'ont pas toute la prudence qu'il leur faudrait, pour ne rien faire que de raisonnable ; témoin notre Léandre, qui malgré toutes mes leçons, malgré toutes mes remontrances, est allé faire de son côté pis encore que votre fils. Je voudrais bien savoir si vous-même n'avez pas été jeune, et n'avez pas dans votre temps fait des fredaines comme les autres. J'ai ouï dire, moi, que vous avez été autrefois un compagnon parmi les femmes, que vous faisiez de votre drôle avec les plus galantes de ce temps-là ; et que vous n'en approchiez point, que vous ne poussassiez à bout.

ARGANTE. — Cela est vrai. J'en demeure d'accord ; mais je m'en suis toujours tenu à la galanterie, et je n'ai point été jusqu'à faire ce qu'il a fait.

SCAPIN. — Que vouliez-vous qu'il fît ? Il voit une jeune personne qui lui veut du bien (car il tient de vous, d'être aimé de toutes les femmes). Il la trouve charmante. Il lui rend des visites ; lui conte des douceurs, soupire galamment, fait le passionné. Elle se rend à sa poursuite. Il pousse sa fortune. Le voilà surpris avec elle par ses parents, qui la force à la main le contraignent de l'épouse

SILVESTRE. — L'habile fourbe que voilà !

SCAPIN. — Eussiez-vous voulu qu'il se fût laissé tuer ? Il vaut mieux encore être marié, qu'être mort.

ARGANTE. — On ne m'a pas dit que l'affaire se soit ainsi passée.

SCAPIN. — Demandez-lui plutôt. Il ne vous dira pas le contraire.

ARGANTE. — C'est par force qu'il a été marié ?

SILVESTRE. — Oui, Monsieur.

SCAPIN. — Voudrais-je vous mentir ?

ARGANTE. — Il devait donc aller tout aussitôt protester de violence chez un notaire.

SCAPIN. — C'est ce qu'il n'a pas voulu faire.

ARGANTE. — Cela m'aurait donné plus de facilité à rompre ce mariage.

SCAPIN. — Rompre ce mariage !

ARGANTE. — Oui.

SCAPIN. — Vous ne le romprez point.

ARGANTE. — Je ne le romprai point ?

SCAPIN. — Non.

ARGANTE. — Quoi, je n'aurai pas pour moi les droits de père, et la raison de la violence qu'on a faite à mon fils ?

SCAPIN. — C'est une chose dont il ne demeurera pas d'accord.

ARGANTE. — Il n'en demeurera pas d'accord ?

SCAPIN. — Non.

ARGANTE. — Mon fils ?

SCAPIN. — Votre fils. Voulez-vous qu'il confesse qu'il ait été capable de crainte, et que ce soit par force qu'on lui ait fait faire les choses ? Il n'a garde d'aller avouer cela. Ce serait se faire tort, et se montrer indigne d'un père comme vous.

ARGANTE. — Je me moque de cela.

SCAPIN. — Il faut, pour son honneur, et pour le vôtre, qu'il dise dans le monde, que c'est de bon gré qu'il l'a épousée.

ARGANTE. — Et je veux moi, pour mon honneur et pour le sien, qu'il dise le contraire.

SCAPIN. — Non, je suis sûr qu'il ne le fera pas.

ARGANTE. — Je l'y forcerai bien.

SCAPIN. — Il ne le fera pas, vous dis-je.

ARGANTE. — Il le fera, ou je le déshériterai.

SCAPIN. — Vous ?

ARGANTE. — Moi.

SCAPIN. — Bon.

ARGANTE. — Comment, bon ?

SCAPIN. — Vous ne le déshériterez point.

ARGANTE. — Je ne le déshériterai point ?

SCAPIN. — Non.

ARGANTE. — Non ?

SCAPIN. — Non.

ARGANTE. — Hoy. Voici qui est plaisant. Je ne déshériterai pas mon fils.

SCAPIN. — Non, vous dis-je.

ARGANTE. — Qui m'en empêchera ?

SCAPIN. — Vous-même.

ARGANTE. — Moi ?

SCAPIN. — Oui. Vous n'aurez pas ce cœur-là.

ARGANTE. — Je l'aurai.

SCAPIN. — Vous vous moquez.

ARGANTE. — Je ne me moque point.

SCAPIN. — La tendresse paternelle fera son office.

ARGANTE. — Elle ne fera rien.

SCAPIN. — Oui, oui.

ARGANTE. — Je vous dis que cela sera.

SCAPIN. — Bagatelles.

ARGANTE. — Il ne faut point dire bagatelles.

SCAPIN. — Mon Dieu, je vous connais, vous êtes bon naturellement.

ARGANTE. — Je ne suis point bon, et je suis méchant quand je veux. Finissons ce discours qui m'échauffe la bile. Vas-t'en, pendard, va-t'en me chercher mon fripon, tandis que j'irai rejoindre le seigneur Géronte, pour lui conter ma disgrâce.

SCAPIN. — Monsieur, si je vous puis être utile en quelque chose, vous n'avez qu'à me commander.

ARGANTE. — Je vous remercie. Ah pourquoi faut-il qu'il soit fils unique ! Et que n'ai-je à cette heure la fille que le Ciel m'a ôtée, pour la faire mon héritière !

SCÈNE V — SILVESTRE, SCAPIN.

SILVESTRE. — J'avoue que tu es un grand homme, et voilà l'affaire en bon train ; mais l'argent d'autre part nous presse pour notre subsistance, et nous avons de tous côtés des gens qui aboient après nous.

SCAPIN. — Laisse-moi faire, la machine est trouvée. Je cherche seulement dans ma tête un homme qui nous soit affidé, pour jouer un personnage dont j'ai besoin. Attends. Tiens-toi un peu. Enfonce ton bonnet en méchant garçon. Campe-toi sur un pied. Mets la main au côté. Fais les yeux furibonds. Marche un peu en roi de théâtre. Voilà qui est bien. Suis-moi. J'ai des secrets pour déguiser ton visage et ta voix.

SILVESTRE. — Je te conjure au moins de ne m'aller point brouiller avec la justice.

SCAPIN. — Va, va ; nous partagerons les périls en frères ; et trois ans de galère de plus, ou de moins, ne sont pas pour arrêter un noble cœur.

ACTE II

SCÈNE PREMIÈRE — GÉRONTE, ARGANTE.

GÉRONTE. — Oui, sans doute, par le temps qu'il fait, nous aurons ici nos gens aujourd'hui ; et un matelot qui vient de Tarente, m'a assuré qu'il avait vu mon homme qui était près de s'embarquer. Mais l'arrivée de ma fille trouvera les choses mal disposées à ce que nous nous proposions ; et ce que vous venez de m'apprendre de votre fils, rompt étrangement les mesures que nous avions prises ensemble.

ARGANTE. — Ne vous mettez pas en peine ; je vous réponds de renverser tout cet obstacle, et j'y vais travailler de ce pas.

GÉRONTE. — Ma foi, seigneur Argante, voulez-vous que je vous dise ? L'éducation des enfants est une chose à quoi il faut s'attacher fortement.

ARGANTE. — Sans doute. À quel propos cela ?

GÉRONTE. — À propos, de ce que les mauvais déportements des jeunes gens viennent le plus souvent de la mauvaise éducation que leurs pères leur donnent.

ARGANTE. — Cela arrive parfois. Mais que voulez-vous dire par là ?

GÉRONTE. — Ce que je veux dire par là ?

ARGANTE. — Oui.

GÉRONTE. — Que si vous aviez en brave père, bien morigéné votre fils, il ne vous aurait pas joué le tour qu'il vous a fait.

ARGANTE. — Fort bien. De sorte donc que vous avez bien mieux morigéné le vôtre ?

GÉRONTE. — Sans doute, et je serais bien fâché qu'il m'eût rien fait approchant de cela.

ARGANTE. — Et si ce fils que vous avez, en brave père, si bien morigéné, avait fait pis encore que le mien ; eh ?

GÉRONTE. — Comment ?

ARGANTE. — Comment ?

GÉRONTE. — Qu'est-ce que cela veut dire ?

ARGANTE. — Cela veut dire, Seigneur Géronte, qu'il ne faut pas être si prompt à condamner la conduite des autres ; et que ceux qui veulent gloser, doivent bien regarder chez eux, s'il n'y a rien qui cloche.

GÉRONTE. — Je n'entends point cette énigme.

ARGANTE. — On vous l'expliquera.

GÉRONTE. — Est-ce que vous auriez ouï dire quelque chose de mon fils ?

ARGANTE. — Cela se peut faire.

GÉRONTE. — Et quoi encore ?

ARGANTE. — Votre Scapin, dans mon dépit, ne m'a dit la chose qu'en gros ; et vous pourrez de lui, ou de quelque autre, être instruit du détail. Pour moi, je vais vite consulter un avocat, et aviser des biais que j'ai à prendre. Jusqu'au revoir.

SCÈNE II — GÉRONTE, LÉANDRE.

GÉRONTE. — Que pourrait-ce être que cette affaire-ci ? Pis encore que le sien ! Pour moi, je ne vois pas ce que l'on peut faire de pis ; et je trouve que se marier sans le consentement de son père, est une action qui passe tout ce qu'on peut s'imaginer. Ah vous voilà.

LÉANDRE, *en courant à lui pour l'embrasser.* — Ah ! Mon père, que j'ai de joie de vous voir de retour !

Acte II, scène II.

GÉRONTE, *refusant de l'embrasser.* — Doucement. Parlons un peu d'affaire.

LÉANDRE. — Souffrez que je vous embrasse, et que...

GÉRONTE, *le repoussant encore.* — Doucement, vous dis-je.

LÉANDRE. — Quoi, vous me refusez, mon père, de vous exprimer mon transport par mes embrassements ?

GÉRONTE. — Oui, nous avons quelque chose à démêler ensemble.

LÉANDRE. — Et quoi ?

GÉRONTE. — Tenez-vous, que je vous voie en face.

LÉANDRE. — Comment ?

GÉRONTE. — Regardez-moi entre deux yeux.

LÉANDRE. — Hé bien ?

GÉRONTE. — Qu'est-ce donc qui s'est passé ici ?

LÉANDRE. — Ce qui s'est passé ?

GÉRONTE. — Oui. Qu'avez-vous fait pendant mon absence ?

LÉANDRE. — Que voulez-vous, mon père, que j'aie fait ?

GÉRONTE. — Ce n'est pas moi qui veux que vous ayez fait, mais qui demande ce que c'est que vous avez fait.

LÉANDRE. — Moi, je n'ai fait aucune chose dont vous ayez lieu de vous plaindre.

GÉRONTE. — Aucune chose ?

LÉANDRE. — Non.

GÉRONTE. — Vous êtes bien résolu.

LÉANDRE. — C'est que je suis sûr de mon innocence.

GÉRONTE. — Scapin pourtant a dit de vos nouvelles.

LÉANDRE. — Scapin !

GÉRONTE. — Ah, ah, ce mot vous fait rougir.

LÉANDRE. — Il vous a dit quelque chose de moi ?

GÉRONTE. — Ce lieu n'est pas tout à fait propre à vider cette affaire, et nous allons l'examiner ailleurs. Qu'on se rende au logis. J'y vais revenir tout à l'heure. Ah, traître, s'il faut que tu me déshonores, je te renonce pour mon fils, et tu peux bien pour jamais te résoudre à fuir de ma présence.

SCÈNE III — LÉANDRE, OCTAVE, SCAPIN.

LÉANDRE. — Me trahir de cette manière ! Un coquin, qui doit par cent raisons être le premier à cacher les choses que je lui confie, est le premier à les aller découvrir à mon père. Ah ! Je jure le Ciel que cette trahison ne demeurera pas impunie.

OCTAVE. — Mon cher Scapin, que ne dois-je point à tes soins ! Que tu es un homme admirable ! Et que le Ciel m'est favorable, de t'envoyer à mon secours !

LÉANDRE. — Ah, ah, vous voilà. Je suis ravi de vous trouver, Monsieur le coquin.

SCAPIN. — Monsieur, votre serviteur. C'est trop d'honneur que vous me faites.

LÉANDRE, *en mettant l'épée à la main.* — Vous faites le méchant plaisant. Ah ! Je vous apprendrai...

SCAPIN, *se mettant à genoux.* — Monsieur.

OCTAVE, *se mettant entre-deux, pour empêcher Léandre de le frapper.* — Ah, Léandre.

LÉANDRE. — Non, Octave, ne me retenez point, je vous prie.

SCAPIN. — Eh, Monsieur.

OCTAVE, *le retenant.* — De grâce.

LÉANDRE, *voulant frapper Scapin.* — Laissez-moi contenter mon ressentiment.

OCTAVE. — Au nom de l'amitié, Léandre, ne le maltraitez point.

SCAPIN. — Monsieur, que vous ai-je fait ?

LÉANDRE, *voulant le frapper.* — Ce que tu m'as fait, traître ?

OCTAVE, *le retenant.* — Eh doucement.

LÉANDRE. — Non, Octave, je veux qu'il me confesse lui-même tout à l'heure la perfidie qu'il m'a faite. Oui, coquin, je sais le trait que tu m'as joué, on vient de me l'apprendre ; et tu ne croyais pas peut-être que l'on me dût révéler ce secret: mais je veux en avoir la confession de ta propre bouche, ou je vais te passer cette épée au travers du corps.

SCAPIN. — Ah ! Monsieur, auriez-vous bien ce cœur-là ?

LÉANDRE. — Parle donc.

SCAPIN. — Je vous ai fait quelque chose, Monsieur ?

LÉANDRE. — Oui, coquin ; et ta conscience ne te dit que trop ce que c'est.

SCAPIN. — Je vous assure que je l'ignore.

LÉANDRE, *s'avançant pour le frapper.* — Tu l'ignores !

OCTAVE, *le retenant.* — Léandre.

SCAPIN. — Hé bien Monsieur, puisque vous le voulez, je vous confesse que j'ai bu avec mes amis ce petit quartaut de vin d'Espagne dont on vous fit présent il y a quelques jours ; et que c'est moi qui fis une fente au tonneau, et répandis de l'eau autour, pour faire croire que le vin s'était échappé.

LÉANDRE. — C'est toi, pendard, qui m'as bu mon vin d'Espagne, et qui as été cause que j'ai tant querellé la servante, croyant que c'était elle qui m'avait fait le tour ?

SCAPIN. — Oui, Monsieur, je vous en demande pardon.

LÉANDRE. — Je suis bien aise d'apprendre cela ; mais ce n'est pas l'affaire dont il est question maintenant.

SCAPIN. — Ce n'est pas cela, Monsieur ?

LÉANDRE. — Non, c'est une autre affaire qui me touche bien plus, et je veux que tu me la dises.

SCAPIN. — Monsieur, je ne me souviens pas d'avoir fait autre chose.

LÉANDRE, *le voulant frapper.* — Tu ne veux pas parler ?

SCAPIN. — Eh.

OCTAVE, *le retenant.* — Tout doux.

SCAPIN. — Oui, Monsieur, il est vrai qu'il y a trois semaines que vous m'envoyâtes porter le soir, une petite montre à la jeune Égyptienne que vous aimez. Je revins au logis mes habits tout couverts de boue, et le visage plein de sang, et vous dis que j'avais trouvé des voleurs qui m'avaient bien battu, et m'avaient dérobé la montre. C'était moi, Monsieur, qui l'avait retenue.

LÉANDRE. — C'est toi qui as retenu ma montre ?

SCAPIN. — Oui, Monsieur, afin de voir quelle heure il est.

LÉANDRE. — Ah, ah, j'apprends ici de jolies choses, et j'ai un serviteur fort fidèle vraiment. Mais ce n'est pas encore cela que je demande.

SCAPIN. — Ce n'est pas cela ?

LÉANDRE. — Non, infâme, c'est autre chose encore que je veux que tu me confesses.

SCAPIN. — Peste !

LÉANDRE. — Parle vite, j'ai hâte.

SCAPIN. — Monsieur, voilà tout ce que j'ai fait.

LÉANDRE, *voulant frapper Scapin.* — Voilà tout ?

OCTAVE, *se mettant au-devant.* — Eh.

SCAPIN. — Hé bien oui, Monsieur, vous vous souvenez de ce loup-garou il y a six mois qui vous donna tant de coups de bâton la nuit, et vous pensa faire rompre le cou dans une cave où vous tombâtes en fuyant.

LÉANDRE. — Hé bien ?

SCAPIN. — C'était moi, Monsieur, qui faisais le loup-garou.

LÉANDRE. — C'était toi, traître, qui faisais le loup-garou ?

SCAPIN. — Oui, Monsieur, seulement pour vous faire peur, et vous ôter l'envie de nous faire courir toutes les nuits comme vous aviez de coutume.

LÉANDRE. — Je saurai me souvenir en temps et lieu de tout ce que je viens d'apprendre. Mais je veux venir au fait, et que tu me confesses ce que tu as dit à mon père.

SCAPIN. — À votre père ?

LÉANDRE. — Oui, fripon, à mon père.

SCAPIN. — Je ne l'ai pas seulement vu depuis son retour.

LÉANDRE. — Tu ne l'as pas vu ?

SCAPIN. — Non, Monsieur.

LÉANDRE. — Assurément ?

SCAPIN. — Assurément. C'est une chose que je vais vous faire dire par lui-même.

LÉANDRE. — C'est de sa bouche que je le tiens pourtant.

SCAPIN. — Avec votre permission, il n'a pas dit la vérité.

SCÈNE IV — CARLE, LÉANDRE, SCAPIN, OCTAVE.

CARLE. — Monsieur, je vous apporte une nouvelle qui est fâcheuse pour votre amour.

LÉANDRE. — Comment ?

CARLE. — Vos Égyptiens sont sur le point de vous enlever Zerbinette ; et elle-même, les larmes aux yeux, m'a chargé de venir promptement vous dire, que si dans deux heures vous ne songez à leur porter l'argent qu'ils vous ont demandé pour elle, vous l'allez perdre pour jamais.

LÉANDRE. — Dans deux heures ?

CARLE. — Dans deux heures.

LÉANDRE. — Ah ! Mon pauvre Scapin, j'implore ton secours.

SCAPIN, *passant devant lui avec un air fier.* — «Ah ! Mon pauvre Scapin.» Je suis «mon pauvre Scapin» à cette heure qu'on a besoin de moi.

LÉANDRE. — Va, je te pardonne tout ce que tu viens de me dire, et pis encore si tu me l'as fait.

SCAPIN. — Non, non, ne me pardonnez rien. Passez-moi votre épée au travers du corps. Je serai ravi que vous me tuiez.

LÉANDRE. — Non. Je te conjure plutôt de me donner la vie, en servant mon amour.

SCAPIN. — Point, point, vous ferez mieux de me tuer.

LÉANDRE. — Tu m'es trop précieux ; et je te prie de vouloir employer pour moi ce génie admirable, qui vient à bout de toute chose.

SCAPIN. — Non, tuez-moi, vous dis-je.

LÉANDRE. — Ah, de grâce, ne songe plus à tout cela, et pense à me donner le secours que je te demande.

OCTAVE. — Scapin, il faut faire quelque chose pour lui.

SCAPIN. — Le moyen, après une avanie de la sorte ?

LÉANDRE. — Je te conjure d'oublier mon emportement, et de me prêter ton adresse.

OCTAVE. — Je joins mes prières aux siennes.

SCAPIN. — J'ai cette insulte-là sur le cœur.

OCTAVE. — Il faut quitter ton ressentiment.

LÉANDRE. — Voudrais-tu m'abandonner, Scapin, dans la cruelle extrémité où se voit mon amour ?

SCAPIN. — Me venir faire à l'improviste un affront comme celui-là !

LÉANDRE. — J'ai tort, je le confesse.

SCAPIN. — Me traiter de coquin, de fripon, de pendard, d'infâme !

LÉANDRE. — J'en ai tous les regrets du monde.

SCAPIN. — Me vouloir passer son épée au travers du corps !

LÉANDRE. — Je t'en demande pardon de tout mon cœur ; et s'il ne tient qu'à me jeter à tes genoux, tu m'y vois, Scapin, pour te conjurer encore une fois de ne me point abandonner.

OCTAVE. — Ah ! Ma foi, Scapin, il se faut rendre à cela.

SCAPIN. — Levez-vous. Une autre fois ne soyez point si prompt.

LÉANDRE. — Me promets-tu de travailler pour moi ?

SCAPIN. — On y songera.

LÉANDRE. — Mais tu sais que le temps presse.

SCAPIN. — Ne vous mettez pas en peine. Combien est-ce qu'il vous faut ?

LÉANDRE. — Cinq cents écus.

SCAPIN. — Et à vous ?

OCTAVE. — Deux cents pistoles.

SCAPIN. — Je veux tirer cet argent de vos pères. Pour ce qui est du vôtre, la machine est déjà toute trouvée: et quant au vôtre, bien qu'avare au dernier degré, il y faudra moins de façon encore ; car vous savez que pour l'esprit, il n'en a pas grâces à Dieu grande provision, et je le livre pour une espèce d'homme à qui l'on fera toujours croire tout ce que l'on voudra. Cela ne vous offense point, il ne tombe entre lui et vous aucun soupçon de ressemblance ; et vous savez assez l'opinion de tout le monde, qui veut qu'il ne soit votre père que pour la forme.

LÉANDRE. — Tout beau, Scapin.

SCAPIN. — Bon, bon ; on fait bien scrupule de cela, vous moquez-vous ? Mais j'aperçois venir le père d'Octave. Commençons par lui, puisqu'il se présente. Allez-vous-en tous deux. Et vous, avertissez votre Silvestre de venir vite jouer son rôle.

SCÈNE V — SCAPIN , ARGANTE.

SCAPIN. — Le voilà qui rumine.

ARGANTE. — Avoir si peu de conduite et de considération ! S'aller jeter dans un engagement comme celui-là ! Ah, ah, jeunesse impertinente.

SCAPIN. — Monsieur, votre serviteur.

ARGANTE. — Bonjour, Scapin.

SCAPIN. — Vous rêvez à l'affaire de votre fils.

ARGANTE. — Je t'avoue que cela me donne un furieux chagrin.

SCAPIN. — Monsieur, la vie est mêlée de traverses. Il est bon de s'y tenir sans cesse préparé ; et j'ai ouï dire il y a longtemps une parole d'un ancien que j'ai toujours retenue.

ARGANTE. — Quoi ?

SCAPIN. — Que pour peu qu'un père de famille ait été absent de chez lui, il doit promener son esprit sur tous les fâcheux accidents que son retour peut rencontrer ; se figurer sa maison brûlée, son argent dérobé, sa femme morte, son fils estropié, sa fille subornée ; et ce qu'il trouve qui ne lui est point arrivé, l'imputer à bonne fortune. Pour moi, j'ai pratiqué toujours cette leçon dans ma petite philosophie ; et je ne suis jamais revenu au logis, que je ne me sois tenu prêt à la colère de mes maîtres, aux réprimandes, aux injures, aux coups de pied au cul, aux bastonnades, aux étrivières ; et ce qui a manqué à m'arriver, j'en ai rendu grâce à mon bon destin.

ARGANTE. — Voilà qui est bien ; mais ce mariage impertinent qui trouble celui que nous voulons faire, est une chose que je ne puis souffrir, et je viens de consulter des avocats pour le faire casser.

SCAPIN. — Ma foi, Monsieur, si vous m'en croyez, vous tâcherez, par quelque autre voie, d'accommoder l'affaire. Vous savez ce que c'est que les procès en ce pays-ci, et vous allez vous enfoncer dans d'étranges épines.

ARGANTE. — Tu as raison, je le vois bien. Mais quelle autre voie ?

SCAPIN. — Je pense que j'en ai trouvé une. La compassion que m'a donnée tantôt votre chagrin, m'a obligé à chercher dans ma tête quelque moyen pour vous tirer d'inquiétude: car je ne saurais voir d'honnêtes pères chagrinés par leurs enfants, que cela ne m'émeuve ; et de tout temps je me suis senti pour votre personne une inclination particulière.

ARGANTE. — Je te suis obligé.

SCAPIN. — J'ai donc été trouver le frère de cette fille qui a été épousée. C'est un de ces braves de profession, de ces gens qui sont tous coups d'épée ; qui ne parlent que d'échiner, et ne font non plus de conscience de tuer un homme, que d'avaler un verre de vin. Je l'ai mis sur ce mariage ; lui ai fait voir quelle facilité offrait la raison de la violence, pour le faire casser ; vos prérogatives du nom de père, et l'appui que vous donnerait auprès de la justice et votre droit, et votre argent, et vos amis. Enfin je l'ai tant tourné de tous les côtés, qu'il a prêté l'oreille aux propositions que je lui ai faites d'ajuster l'affaire pour quelque somme ; et il donnera son consentement à rompre le mariage, pourvu que vous lui donniez de l'argent.

ARGANTE. — Et qu'a-t-il demandé ?

SCAPIN. — Oh d'abord, des choses par-dessus les maisons.

ARGANTE. — Et quoi ?

SCAPIN. — Des choses extravagantes.

ARGANTE. — Mais encore ?

SCAPIN. — Il ne parlait pas moins que de cinq ou six cents pistoles.

ARGANTE. — Cinq ou six cents fièvres quartaines qui le puissent serrer. Se moque-t-il des gens ?

SCAPIN. — C'est ce que je lui ai dit. J'ai rejeté bien loin de pareilles propositions, et je lui ai bien fait entendre que vous n'étiez point une dupe, pour vous demander des cinq ou six cents pistoles. Enfin après plusieurs discours, voici où s'est réduit le résultat de notre conférence. «Nous voilà au temps, m'a-t-il dit, que je dois partir pour l'armée. Je suis après à m'équiper ; et le besoin que j'ai de quelque argent, me fait consentir malgré moi à ce qu'on me propose. Il me faut un cheval de service, et je n'en saurais avoir un qui soit tant soit peu raisonnable, à moins de soixante pistoles.»

ARGANTE. — Hé bien, pour soixante pistoles, je les donne.

SCAPIN. — «Il faudra le harnais, et les pistolets ; et cela ira bien à vingt pistoles encore.»

ARGANTE. — Vingt pistoles, et soixante, ce serait quatre-vingts.

SCAPIN. — Justement.

ARGANTE. — C'est beaucoup ; mais soit, je consens à cela.

SCAPIN. — «Il me faut aussi un cheval pour monter mon valet, qui coûtera bien trente pistoles».

ARGANTE. — Comment diantre ! Qu'il se promène ; il n'aura rien du tout.

SCAPIN. — Monsieur.

ARGANTE. — Non, c'est un impertinent.

SCAPIN. — Voulez-vous que son valet aille à pied ?

ARGANTE. — Qu'il aille comme il lui plaira, et le maître aussi.

SCAPIN. — Mon Dieu, Monsieur, ne vous arrêtez point à peu de chose. N'allez point plaider, je vous prie, et donnez tout pour vous sauver des mains de la justice.

ARGANTE. — Hé bien soit, je me résous à donner encore ces trente pistoles.

SCAPIN. — «Il me faut encore, a-t-il dit, un mulet pour porter...»

ARGANTE. — Oh qu'il aille au diable avec son mulet ; c'en est trop, et nous irons devant les juges.

SCAPIN. — De grâce, Monsieur...

ARGANTE. — Non, je n'en ferai rien.

SCAPIN. — Monsieur, un petit mulet.

ARGANTE. — Je ne lui donnerais pas seulement un âne.

SCAPIN. — Considérez...

ARGANTE. — Non, j'aime mieux plaider.

SCAPIN. — Eh, Monsieur, de quoi parlez-vous là, et à quoi vous résolvez-vous ? Jetez les yeux sur les détours de la justice. Voyez combien d'appels et de degrés de juridiction ; combien de procédures embarrassantes ; combien d'animaux ravissants par les griffes desquels il vous faudra passer, sergents, procureurs, avocats, greffiers, substituts, rapporteurs, juges, et leurs clercs. Il n'y a pas un de tous ces gens-là, qui pour la moindre chose, ne soit capable de donner un soufflet au meilleur droit du monde. Un sergent baillera de faux exploits, sur quoi vous serez condamné sans que vous le sachiez. Votre procureur s'entendra avec votre partie, et vous vendra à beaux deniers comptants. Votre avocat gagné de même, ne se trouvera point lorsqu'on plaidera votre cause, ou dira des raisons qui ne feront que battre la campagne, et n'iront point au fait. Le greffier délivrera par contumace des sentences et arrêts contre vous. Le clerc du rapporteur soustraira des pièces, ou le rapporteur même ne dira pas ce qu'il a vu. Et quand par les plus grandes précautions du monde vous aurez paré tout cela, vous serez ébahi que vos juges auront été sollicités contre vous, ou par des gens dévots, ou par des femmes qu'ils aimeront. Eh, Monsieur, si vous le pouvez, sauvez-vous de cet enfer-là. C'est être damné dès ce monde, que d'avoir à plaider ; et la seule pensée d'un procès serait capable de me faire fuir jusqu'aux Indes.

ARGANTE. — À combien est-ce qu'il fait monter le mulet ?

SCAPIN. — Monsieur, pour le mulet, pour son cheval, et celui de son homme, pour le harnais et les pistolets, et pour payer quelque petite chose qu'il doit à son hôtesse, il demande en tout deux cents pistoles.

ARGANTE. — Deux cents pistoles ?

SCAPIN. — Oui.

ARGANTE, *se promenant en colère le long du théâtre.* — Allons, allons, nous plaiderons.

SCAPIN. — Faites réflexion...

ARGANTE. — Je plaiderai.

SCAPIN. — Ne vous allez point jeter...

ARGANTE. — Je veux plaider.

SCAPIN. — Mais pour plaider, il vous faudra de l'argent. Il vous en faudra pour l'exploit ; il vous en faudra pour le contrôle. Il vous en faudra pour la procuration, pour la présentation, conseils, productions, et journées du procureur. Il vous en faudra pour les consultations et plaidoiries des avocats ; pour le droit de retirer le sac, et pour les grosses d'écritures. Il vous en faudra pour le rapport des substituts ; pour les épices de conclusion ; pour l'enregistrement du greffier, façon d'appointement, sentences et arrêts, contrôles, signatures, et expéditions de leurs clercs, sans parler de tous les présents qu'il vous faudra faire. Donnez cet argent-là à cet homme-ci, vous voilà hors d'affaire.

ARGANTE. — Comment, deux cents pistoles ?

SCAPIN. — Oui, vous y gagnerez. J'ai fait un petit calcul en moi-même de tous les frais de la justice ; et j'ai trouvé qu'en donnant deux cents pistoles à votre homme, vous en aurez de reste pour le moins cent cinquante, sans compter les soins, les pas, et les chagrins que vous épargnerez. Quand il n'y aurait à essuyer que les sottises que disent devant tout le monde de méchants plaisants d'avocats, j'aimerais mieux donner trois cents pistoles, que de plaider.

ARGANTE. — Je me moque de cela, et je défie les avocats de rien dire de moi.

SCAPIN. — Vous ferez ce qu'il vous plaira ; mais si j'étais que de vous, je fuirais les procès.

ARGANTE. — Je ne donnerai point deux cents pistoles.

SCAPIN. — Voici l'homme dont il s'agit.

SCÈNE VI — SILVESTRE, SCAPIN, ARGANTE.

SILVESTRE. — Scapin, faites-moi connaître un peu cet Argante, qui est père d'Octave.

SCAPIN. — Pourquoi, Monsieur ?

SILVESTRE. — Je viens d'apprendre qu'il veut me mettre en procès, et faire rompre par justice le mariage de ma sœur.

SCAPIN. — Je ne sais pas s'il a cette pensée ; mais il ne veut point consentir aux deux cents pistoles que vous voulez, et il dit que c'est trop.

SILVESTRE. — Par la mort, par la tête, par la ventre, si je le trouve, je le veux échiner, dussé-je être roué tout vif.

Argante, pour n'être point vu, se tient en tremblant couvert de Scapin.

SCAPIN. — Monsieur, ce père d'Octave a du cœur, et peut-être ne vous craindra-t-il point.

SILVESTRE. — Lui ? Lui ? Par le sang, par la tête, s'il était là, je lui donnerais tout à l'heure de l'épée dans le ventre. Qui est cet homme-là ?

SCAPIN. — Ce n'est pas lui, Monsieur, ce n'est pas lui.

SILVESTRE. — N'est-ce point quelqu'un de ses amis ?

SCAPIN. — Non, Monsieur, au contraire, c'est son ennemi capital.

SILVESTRE. — Son ennemi capital ?

SCAPIN. — Oui.

SILVESTRE. — Ah, parbleu, j'en suis ravi. Vous êtes ennemi, Monsieur, de ce faquin d'Argante ; eh ?

SCAPIN. — Oui, oui, je vous en réponds.

SILVESTRE, *lui prend rudement la main.* — Touchez là. Touchez. Je vous donne ma parole, et vous jure sur mon honneur, par l'épée que je porte, par tous les serments que je saurais faire, qu'avant la fin du jour je vous déferai de ce maraud fieffé, de ce faquin d'Argante. Reposez-vous sur moi.

SCAPIN. — Monsieur, les violences en ce pays-ci ne sont guère souffertes.

SILVESTRE. — Je me moque de tout, et je n'ai rien à perdre.

SCAPIN. — Il se tiendra sur ses gardes assurément ; et il a des parents, des amis, et des domestiques, dont il se fera un secours contre votre ressentiment.

SILVESTRE. — C'est ce que je demande, morbleu, c'est ce que je demande. *(Il met l'épée à la main, et pousse de tous les côtés, comme s'il y avait plusieurs personnes devant lui.)* Ah, tête ! Ah, ventre ! Que ne le trouvé-je à cette heure avec tout son secours ! Que ne paraît-il à mes yeux au milieu de trente personnes ! Que ne les vois-je fondre sur moi les armes à la main ! Comment, marauds, vous avez la hardiesse de vous attaquer à moi ? Allons, morbleu, tue, point de quartier. Donnons. Ferme. Poussons. Bon pied, bon œil. Ah coquins, ah canaille, vous en voulez par là ; je vous en ferai tâter votre soûl. Soutenez, marauds, soutenez. Allons. À cette botte. À cette autre. À celle-ci. À celle-là. Comment, vous reculez ? Pied ferme, morbleu, pied ferme.

SCAPIN. — Eh, eh, eh, Monsieur, nous n'en sommes pas.

SILVESTRE. — Voilà qui vous apprendra à vous oser jouer à moi.

SCAPIN. — Hé bien, vous voyez combien de personnes tuées pour deux cents pistoles. Oh sus, je vous souhaite une bonne fortune.

ARGANTE, *tout tremblant.* — Scapin.

SCAPIN. — Plaît-il ?

ARGANTE. — Je me résous à donner les deux cents pistoles.

SCAPIN. — J'en suis ravi, pour l'amour de vous.

ARGANTE. — Allons le trouver, je les ai sur moi.

SCAPIN. — Vous n'avez qu'à me les donner. Il ne faut pas pour votre honneur, que vous paraissiez là, après avoir passé ici pour autre que ce que vous êtes ; et de plus, je craindrais qu'en vous faisant connaître, il n'allât s'aviser de vous demander davantage.

ARGANTE. — Oui ; mais j'aurais été bien aise de voir comme je donne mon argent.

SCAPIN. — Est-ce que vous vous défiez de moi ?

ARGANTE. — Non pas, mais...

SCAPIN. — Parbleu, Monsieur, je suis un fourbe, ou je suis honnête homme ; c'est l'un des deux. Est-ce que je voudrais vous tromper, et que dans tout ceci j'ai d'autre intérêt que le vôtre, et celui de mon maître, à qui vous voulez vous allier ? Si je vous suis suspect, je ne me mêle plus de rien, et vous n'avez qu'à chercher, dès cette heure, qui accommodera vos affaires.

ARGANTE. — Tiens donc.

SCAPIN. — Non, Monsieur, ne me confiez point votre argent. Je serai bien aise que vous vous serviez de quelque autre.

ARGANTE. — Mon Dieu, tiens.

SCAPIN. — Non, vous dis-je, ne vous fiez point à moi. Que sait-on, si je ne veux point vous attraper votre argent ?

ARGANTE. — Tiens, te dis-je, ne me fais point contester davantage. Mais songe à bien prendre tes sûretés avec lui.

SCAPIN. — Laissez-moi faire, il n'a pas affaire à un sot.

ARGANTE. — Je vais t'attendre chez moi.

SCAPIN. — Je ne manquerai pas d'y aller. Et un. Je n'ai qu'à chercher l'autre. Ah, ma foi, le voici. Il semble que le Ciel, l'un après l'autre, les amène dans mes filets.

SCÈNE VII — SCAPIN, GÉRONTE.

SCAPIN. — Ô Ciel ! Ô disgrâce imprévue ! Ô misérable père ! Pauvre Géronte, que feras-tu ?

GÉRONTE. — Que dit-il là de moi, avec ce visage affligé ?

SCAPIN. — N'y a-t-il personne qui puisse me dire où est le seigneur Géronte ?

GÉRONTE. — Qu'y a-t-il, Scapin ?

SCAPIN. — Où pourrai-je le rencontrer, pour lui dire cette infortune ?

GÉRONTE. — Qu'est-ce que c'est donc ?

SCAPIN. — En vain je cours de tous côtés pour le pouvoir trouver.

GÉRONTE. — Me voici.

SCAPIN. — Il faut qu'il soit caché en quelque endroit qu'on ne puisse point deviner.

GÉRONTE. — Holà, es-tu aveugle, que tu ne me vois pas ?

SCAPIN. — Ah, Monsieur, il n'y a pas moyen de vous rencontrer.

GÉRONTE. — Il y a une heure que je suis devant toi. Qu'est-ce que c'est donc qu'il y a ?

SCAPIN. — Monsieur...

GÉRONTE. — Quoi ?

SCAPIN. — Monsieur, votre fils...

GÉRONTE. — Hé bien mon fils...

SCAPIN. — Est tombé dans une disgrâce la plus étrange du monde.

GÉRONTE. — Et quelle ?

SCAPIN. — Je l'ai trouvé tantôt, tout triste, de je ne sais quoi que vous lui avez dit, où vous m'avez mêlé assez mal à propos ; et cherchant à divertir cette tristesse, nous nous sommes allés promener sur le port. Là, entre autres plusieurs choses, nous avons arrêté nos yeux sur une galère turque assez bien équipée. Un jeune Turc de bonne mine, nous a invités d'y entrer, et nous a présenté la main. Nous y avons passé ; il nous a fait mille civilités, nous a donné la collation, où nous avons mangé des fruits les plus excellents qui se puissent voir, et bu du vin que nous avons trouvé le meilleur du monde.

GÉRONTE. — Qu'y a-t-il de si affligeant en tout cela ?

SCAPIN. — Attendez, Monsieur, nous y voici. Pendant que nous mangions, il a fait mettre la galère en mer, et se voyant éloigné du port, il m'a fait mettre dans un esquif, et m'envoie vous dire que si vous ne lui envoyez par moi tout à l'heure cinq cents écus, il va vous emmener votre fils en Alger.

GÉRONTE. — Comment, diantre, cinq cents écus ?

SCAPIN. — Oui, Monsieur ; et de plus, il ne m'a donné pour cela que deux heures.

GÉRONTE. — Ah le pendard de Turc, m'assassiner de la façon !

SCAPIN. — C'est à vous, Monsieur, d'aviser promptement aux moyens de sauver des fers un fils que vous aimez avec tant de tendresse.

GÉRONTE. — Que diable allait-il faire dans cette galère ?

SCAPIN. — Il ne songeait pas à ce qui est arrivé.

GÉRONTE. — Va-t'en, Scapin, va-t'en vite dire à ce Turc que je vais envoyer la justice après lui.

SCAPIN. — La justice en pleine mer ! Vous moquez-vous des gens ?

GÉRONTE. — Que diable allait-il faire dans cette galère ?

SCAPIN. — Une méchante destinée conduit quelquefois les personnes.

GÉRONTE. — Il faut, Scapin, il faut que tu fasses ici, l'action d'un serviteur fidèle.

SCAPIN. — Quoi, Monsieur ?

GÉRONTE. — Que tu ailles dire à ce Turc, qu'il me renvoie mon fils, et que tu te mets à sa place, jusqu'à ce que j'aie amassé la somme qu'il demande.

SCAPIN. — Eh, Monsieur, songez-vous à ce que vous dites ? Et vous figurez-vous que ce Turc ait si peu de sens, que d'aller recevoir un misérable comme moi, à la place de votre fils ?

GÉRONTE. — Que diable allait-il faire dans cette galère ?

SCAPIN. — Il ne devinait pas ce malheur. Songez, Monsieur, qu'il ne m'a donné que deux heures.

GÉRONTE. — Tu dis qu'il demande...

SCAPIN. — Cinq cents écus.

GÉRONTE. — Cinq cents écus ! N'a-t-il point de conscience ?

SCAPIN. — Vraiment oui, de la conscience à un Turc.

GÉRONTE. — Sait-il bien ce que c'est que cinq cents écus ?

SCAPIN. — Oui, Monsieur, il sait que c'est mille cinq cents livres.

GÉRONTE. — Croit-il, le traître, que mille cinq cents livres se trouvent dans le pas d'un cheval ?

SCAPIN. — Ce sont des gens qui n'entendent point de raison.

GÉRONTE. — Mais que diable allait-il faire à cette galère ?

SCAPIN. — Il est vrai ; mais quoi ! On ne prévoyait pas les choses. De grâce, Monsieur, dépêchez.

GÉRONTE. — Tiens, voilà la clef de mon armoire.

SCAPIN. — Bon.

GÉRONTE. — Tu l'ouvriras.

SCAPIN. — Fort bien.

GÉRONTE. — Tu trouveras une grosse clef du côté gauche, qui est celle de mon grenier.

SCAPIN. — Oui.

GÉRONTE. — Tu iras prendre toutes les hardes qui sont dans cette grande manne, et tu les vendras aux fripiers, pour aller racheter mon fils.

SCAPIN, *en lui rendant la clef.* — Eh, Monsieur, rêvez-vous ? Je n'aurais pas cent francs de tout ce que vous dites ; et de plus, vous savez le peu de temps qu'on m'a donné.

GÉRONTE. — Mais que diable allait-il faire à cette galère ?

SCAPIN. — Oh que de paroles perdues ! Laissez là cette galère, et songez que le temps presse, et que vous courez risque de perdre votre fils. Hélas ! Mon pauvre maître, peut-être que je ne te verrai de ma vie, et qu'à l'heure que je parle on t'emmène esclave en Alger. Mais le Ciel me sera témoin que j'ai fait pour toi tout ce que j'ai pu ; et que si tu manques à être racheté, il n'en faut accuser que le peu d'amitié d'un père.

GÉRONTE. — Attends, Scapin, je m'en vais quérir cette somme.

SCAPIN. — Dépêchez donc vite, Monsieur, je tremble que l'heure ne sonne.

GÉRONTE. — N'est-ce pas quatre cents écus que tu dis ?

SCAPIN. — Non, cinq cents écus.

GÉRONTE. — Cinq cents écus ?

SCAPIN. — Oui.

GÉRONTE. — Que diable allait-il faire à cette galère ?

SCAPIN. — Vous avez raison, mais hâtez-vous.

GÉRONTE. — N'y avait-il point d'autre promenade ?

SCAPIN. — Cela est vrai. Mais faites promptement.

GÉRONTE. — Ah maudite galère !

SCAPIN. — Cette galère lui tient au cœur.

GÉRONTE. — Tiens, Scapin, je ne me souvenais pas que je viens justement de recevoir cette somme en or, et je ne croyais pas qu'elle dût m'être si tôt ravie. *(Il lui présente sa bourse, qu'il ne laisse pourtant pas aller ; et dans ses transports il fait aller son bras de côté et d'autre, et Scapin le sien pour avoir la bourse.)* Tiens. Va-t'en racheter mon fils.

SCAPIN. — Oui, Monsieur.

GÉRONTE. — Mais dis à ce Turc que c'est un scélérat.

SCAPIN. — Oui.

GÉRONTE. — Un infâme.

SCAPIN. — Oui.

GÉRONTE. — Un homme sans foi, un voleur.

SCAPIN. — Laissez-moi faire.

GÉRONTE. — Qu'il me tire cinq cents écus contre toute sorte de droit.

SCAPIN. — Oui.

GÉRONTE. — Que je ne les lui donne ni à la mort, ni à la vie.

SCAPIN. — Fort bien.

GÉRONTE. — Et que si jamais je l'attrape, je saurai me venger de lui.

SCAPIN. — Oui.

GÉRONTE, *remet la bourse dans sa poche, et s'en va.* — Va, va vite requérir mon fils.

SCAPIN, *allant après lui.* — Holà, Monsieur.

GÉRONTE. — Quoi ?

SCAPIN. — Où est donc cet argent ?

GÉRONTE. — Ne te l'ai-je pas donné ?

SCAPIN. — Non vraiment, vous l'avez remis dans votre poche.

GÉRONTE. — Ah, c'est la douleur qui me trouble l'esprit.

SCAPIN. — Je le vois bien.

GÉRONTE. — Que diable allait-il faire dans cette galère ? Ah maudite galère ! Traître de Turc à tous les diables !

SCAPIN. — Il ne peut digérer les cinq cents écus que je lui arrache ; mais il n'est pas quitte envers moi, et je veux qu'il me paye en une autre monnaie, l'imposture qu'il m'a faite auprès de son fils.

SCÈNE VIII — OCTAVE, LÉANDRE, SCAPIN.

OCTAVE. — Hé bien, Scapin, as-tu réussi pour moi dans ton entreprise ?

LÉANDRE. — As-tu fait quelque chose pour tirer mon amour de la peine où il est ?

SCAPIN. — Voilà deux cents pistoles que j'ai tirées de votre père.

OCTAVE. — Ah que tu me donnes de joie !

SCAPIN. — Pour vous, je n'ai pu faire rien.

LÉANDRE, *veut s'en aller.* — Il faut donc que j'aille mourir ; et je n'ai que faire de vivre, si Zerbinette m'est ôtée.

SCAPIN. — Holà, holà, tout doucement. Comme diantre vous allez vite.

LÉANDRE, *se retourne.* — Que veux-tu que je devienne ?

SCAPIN. — Allez, j'ai votre affaire ici.

LÉANDRE, *revient.* — Ah tu me redonnes la vie.

SCAPIN. — Mais à condition que vous me permettrez à moi, une petite vengeance contre votre père, pour le tour qu'il m'a fait.

LÉANDRE. — Tout ce que tu voudras.

SCAPIN. — Vous me le promettez devant témoin.

LÉANDRE. — Oui.

SCAPIN. — Tenez, voilà cinq cents écus.

LÉANDRE. — Allons-en promptement acheter celle que j'adore.

ACTE III

SCÈNE PREMIÈRE — SILVESTRE, HYACINTE, ZERBINETTE, SCAPIN.

SILVESTRE. — Oui, vos amants ont arrêté entre eux que vous fussiez ensemble ; et nous nous acquittons de l'ordre qu'ils nous ont donné.

HYACINTE. — Un tel ordre n'a rien qui ne me soit fort agréable. Je reçois avec joie une compagne de la sorte ; et il ne tiendra pas à moi, que l'amitié qui est entre les personnes que nous aimons, ne se répande entre nous deux.

ZERBINETTE. — J'accepte la proposition, et ne suis point personne à reculer, lorsqu'on m'attaque d'amitié.

SCAPIN. — Et lorsque c'est d'amour qu'on vous attaque ?

ZERBINETTE. — Pour l'amour, c'est une autre chose ; on y court un peu plus de risque, et je n'y suis pas si hardie.

SCAPIN. — Vous l'êtes, que je crois, contre mon maître maintenant ; et ce qu'il vient de faire pour vous, doit vous donner du cœur pour répondre comme il faut à sa passion.

ZERBINETTE. — Je ne m'y fie encore que de la bonne sorte ; et ce n'est pas assez pour m'assurer entièrement, que ce qu'il vient de faire. J'ai l'humeur enjouée, et sans cesse je ris ; mais tout en riant, je suis sérieuse sur de certains chapitres ; et ton maître s'abusera, s'il croit qu'il lui suffise de m'avoir achetée pour me voir toute à lui. Il doit lui en coûter autre chose que de l'argent ; et pour répondre à son amour de la manière qu'il souhaite, il me faut un don de sa foi qui soit assaisonné de certaines cérémonies qu'on trouve nécessaires.

SCAPIN. — C'est là aussi comme il l'entend. Il ne prétend à vous qu'en tout bien et en tout honneur ; et je n'aurais pas été homme à me mêler de cette affaire, s'il avait une autre pensée.

ZERBINETTE. — C'est ce que je veux croire, puisque vous me le dites ; mais du côté du père, j'y prévois des empêchements.

SCAPIN. — Nous trouverons moyen d'accommoder les choses.

HYACINTE. — La ressemblance de nos destins doit contribuer encore à faire naître notre amitié ; et nous nous voyons toutes deux dans les mêmes alarmes, toutes deux exposées à la même infortune.

ZERBINETTE. — Vous avez cet avantage, au moins, que vous savez de qui vous êtes née ; et que l'appui de vos parents que vous pouvez faire connaître, est capable d'ajuster tout, peut assurer votre bonheur, et faire donner un consentement au mariage qu'on trouve fait. Mais pour moi je ne rencontre aucun secours dans ce que je puis être, et l'on me voit dans un état qui n'adoucira pas les volontés d'un père qui ne regarde que le bien.

HYACINTE. — Mais aussi avez-vous cet avantage, que l'on ne tente point par un autre parti, celui que vous aimez.

ZERBINETTE. — Le changement du cœur d'un amant, n'est pas ce qu'on peut le plus craindre. On se peut naturellement croire assez de mérite pour garder sa conquête ; et ce que je vois de plus redoutable dans ces sortes d'affaires, c'est la puissance paternelle, auprès de qui tout le mérite ne sert de rien

HYACINTE. — Hélas ! Pourquoi faut-il que de justes inclinations se trouvent traversées ? La douce chose que d'aimer, lorsque l'on ne voit point d'obstacle à ces aimables chaînes dont deux cœurs se lient ensemble !

SCAPIN. — Vous vous moquez ; la tranquillité en amour est un calme désagréable. Un bonheur tout uni, nous devient ennuyeux ; il faut du haut et du bas dans la vie ; et les difficultés qui se mêlent aux choses, réveillent les ardeurs, augmentent les plaisirs.

ZERBINETTE. — Mon Dieu, Scapin, fais-nous un peu ce récit, qu'on m'a dit qui est si plaisant, du stratagème dont tu t'es avisé, pour tirer de l'argent de ton vieillard avare. Tu sais qu'on ne perd point sa peine, lorsqu'on me fait un conte, et que je le paye assez bien, par la joie qu'on m'y voit prendre.

SCAPIN. — Voilà Silvestre qui s'en acquittera aussi bien que moi. J'ai dans la tête certaine petite vengeance dont je vais goûter le plaisir.

SILVESTRE. — Pourquoi, de gaieté de cœur, veux-tu chercher à t'attirer de méchantes affaires ?

SCAPIN. — Je me plais à tenter des entreprises hasardeuses.

SILVESTRE. — Je te l'ai déjà dit, tu quitterais le dessein que tu as, si tu m'en voulais croire.

SCAPIN. — Oui, mais c'est moi que j'en croirai.

SILVESTRE. — À quoi diable te vas-tu amuser ?

SCAPIN. — De quoi diable te mets-tu en peine ?

SILVESTRE. — C'est que je vois que sans nécessité tu vas courir risque de t'attirer une venue de coups de bâton.

SCAPIN. — Hé bien, c'est aux dépens de mon dos, et non pas du tien.

SILVESTRE. — Il est vrai que tu es maître de tes épaules, et tu en disposeras comme il te plaira.

SCAPIN. — Ces sortes de périls ne m'ont jamais arrêté, et je hais ces cœurs pusillanimes, qui pour trop prévoir les suites des choses, n'osent rien entreprendre.

ZERBINETTE. — Nous aurons besoin de tes soins.

SCAPIN. — Allez, je vous irai bientôt rejoindre. Il ne sera pas dit qu'impunément on m'ait mis en état de me trahir moi-même, et de découvrir des secrets qu'il était bon qu'on ne sût pas.

SCÈNE II — GÉRONTE, SCAPIN.

GÉRONTE. — Hé bien, Scapin, comment va l'affaire de mon fils ?

SCAPIN. — Votre fils, Monsieur, est en lieu de sûreté ; mais vous courez maintenant, vous, le péril le plus grand du monde, et je voudrais pour beaucoup, que vous fussiez dans votre logis.

GÉRONTE. — Comment donc ?

SCAPIN. — À l'heure que je parle, on vous cherche de toutes parts pour vous tuer.

GÉRONTE. — Moi ?

SCAPIN. — Oui.

GÉRONTE. — Et qui ?

SCAPIN. — Le frère de cette personne qu'Octave a épousée. Il croit que le dessein que vous avez de mettre votre fille à la place que tient sa sœur, est ce qui pousse le plus fort à faire rompre leur mariage ; et dans cette pensée il a résolu hautement de décharger son désespoir sur vous, et vous ôter la vie pour venger son honneur. Tous ses amis, gens d'épée comme lui, vous cherchent de tous les côtés, et demandent de vos nouvelles. J'ai vu même deçà et delà, des soldats de sa compagnie qui interrogent ceux qu'ils trouvent, et occupent par pelotons toutes les avenues de votre maison. De sorte que vous ne sauriez aller chez vous ; vous ne sauriez faire un pas ni à droit, ni à gauche, que vous ne tombiez dans leurs mains.

GÉRONTE. — Que ferai-je, mon pauvre Scapin ?

SCAPIN. — Je ne sais pas, Monsieur, et voici une étrange affaire. Je tremble pour vous depuis les pieds jusqu'à la tête, et... Attendez.

Il se retourne, et fait semblant d'aller voir au bout du théâtre s'il n'y a personne.

GÉRONTE, *en tremblant.* — Eh ?

Acte III, scène II.

SCAPIN, *en revenant.* — Non, non, non, ce n'est rien.

GÉRONTE. — Ne saurais-tu trouver quelque moyen pour me tirer de peine ?

SCAPIN. — J'en imagine bien un ; mais je courrais risque moi, de me faire assommer.

GÉRONTE. — Eh, Scapin, montre-toi serviteur zélé. Ne m'abandonne pas, je te prie.

SCAPIN. — Je le veux bien. J'ai une tendresse pour vous qui ne saurait souffrir que je vous laisse sans secours.

GÉRONTE. — Tu en seras récompensé, je t'assure ; et je te promets cet habit-ci, quand je l'aurai un peu usé.

SCAPIN. — Attendez. Voici une affaire que je me suis trouvée fort à propos pour vous sauver. Il faut que vous vous mettiez dans ce sac et que...

GÉRONTE, *croyant voir quelqu'un.* — Ah !

SCAPIN. — Non, non, non, non, ce n'est personne. Il faut, dis-je, que vous vous mettiez là-dedans, et que vous gardiez de remuer en aucune façon. Je vous chargerai sur mon dos, comme un paquet de quelque chose, et je vous porterai ainsi au travers de vos ennemis, jusque dans votre maison, où quand nous serons une fois, nous pourrons nous barricader, et envoyer quérir main-forte contre la violence.

GÉRONTE. — L'invention est bonne.

SCAPIN. — La meilleure du monde. Vous allez voir. *(À part.)* Tu me payeras l'imposture.

GÉRONTE. — Eh ?

SCAPIN. — Je dis que vos ennemis seront bien attrapés. Mettez-vous bien jusqu'au fond, et surtout prenez garde de ne vous point montrer, et de ne branler pas, quelque chose qui puisse arriver.

GÉRONTE. — Laisse-moi faire. Je saurai me tenir...

SCAPIN. — Cachez-vous. Voici un spadassin qui vous cherche. *(En contrefaisant sa voix.)* «Quoi ? Jé n'aurai pas l'abantage dé tuer cé Geronte, et quelqu'un par charité né m'enseignera pas où il est ?» *(À Géronte avec sa voix ordinaire.)* Ne branlez pas. *(Reprenant son ton contrefait.)* «Cadédis, jé lé trouberai, sé cachât-il au centre dé la terre.» *(À Géronte avec son ton naturel.)* Ne vous montrez pas. *(Tout le langage gascon est supposé de celui qu'il contrefait, et le reste de lui.)* «Oh, l'homme au sac !» Monsieur. «Jé té vaille un louis, et m'enseigne où put être Géronte.» Vous cherchez le seigneur Géronte ? «Oui, mordi ! Jé lé cherche.» Et pour quelle affaire, Monsieur ? «Pour quelle affaire ?» Oui. «Jé beux, cadédis, lé faire mourir sous les coups de vaton.» Oh ! Monsieur, les coups de bâton ne se donnent point à des gens comme lui, et ce n'est pas un homme à être traité de la sorte. «Qui, cé fat dé Geronte, cé maraut, cé velitre ?» Le seigneur Géronte, Monsieur, n'est ni fat, ni maraud, ni belître, et vous devriez, s'il vous plaît, parler d'autre façon. «Comment, tu mé traites, à moi, avec cette hautur ?» Je défends, comme je dois, un homme d'honneur qu'on offense. «Est-ce que tu es des amis dé cé Geronte ?» Oui, Monsieur, j'en suis. «Ah ! Cadédis, tu es de ses amis, à la vonne hure.» *(Il donne plusieurs coups de bâton sur le sac.)* «Tiens. Boilà cé que jé té vaille pour lui.» Ah, ah, ah ! Ah, Monsieur ! Ah, ah, Monsieur ! Tout beau. Ah, doucement, ah, ah, ah ! «Va, porte-lui cela de ma part. Adiusias.» Ah ! Diable soit le Gascon ! Ah !

En se plaignant et remuant le dos, comme s'il avait reçu les coups de bâton.

GÉRONTE, *mettant la tête hors du sac.* — Ah, Scapin, je n'en puis plus.

SCAPIN. — Ah, Monsieur, je suis tout moulu, et les épaules me font un mal épouvantable.

GÉRONTE. — Comment, c'est sur les miennes qu'il a frappé.

SCAPIN. — Nenni, Monsieur, c'était sur mon dos qu'il frappait.

GÉRONTE. — Que veux-tu dire ? J'ai bien senti les coups, et les sens bien encore.

SCAPIN. — Non, vous dis-je, ce n'est que le bout du bâton qui a été jusque sur vos épaules.

GÉRONTE. — Tu devais donc te retirer un peu plus loin, pour m'épargner...

SCAPIN, *lui remet la tête dans le sac.* — Prenez garde. En voici un autre qui a la mine d'un étranger. *(Cet endroit est de même celui du Gascon, pour le changement de langage, et le jeu de théâtre.)* «Parti ! Moi courir comme une Basque, et moi ne pouvre point troufair de tout le jour sti tiable de Gironte ?» Cachez-vous bien. «Dites-moi un peu fous, monsir l'homme, s'il ve plaist, fous savoir point où l'est sti Gironte que moi cherchair ?» Non, Monsieur, je ne sais point où est Géronte. «Dites-moi-le vous frenchemente, moi li fouloir pas grande chose à lui. L'est seulemente pour li donnair un petite régale sur le dos d'un douzaine de coups de bastonne, et de trois ou quatre petites coups d'épée au trafers de son poitrine.» Je vous assure, Monsieur, que je ne sais pas où il est. «Il me semble que j'y foi remuair quelque chose dans sti sac.» Pardonnez-moi, Monsieur. «Li est assurément quelque histoire là tetans.» Point du tout, Monsieur. «Moi l'avoir enfie de tonner ain coup d'épée dans ste sac.» Ah ! Monsieur, gardez-vous-en bien. «Montre-le-moi un peu fous ce que c'estre là.» Tout beau, Monsieur. «Quement, tout beau ?» Vous n'avez que faire de vouloir voir ce que je porte. «Et moi, je le fouloir foir, moi.» Vous ne le verrez point. «Ahi que de badinemente !» Ce sont hardes qui m'appartiennent. «Montre-moi fous, te dis-je.» Je n'en ferai rien. «Toi ne faire rien ?» Non. «Moi pailler de ste bastonne dessus les épaules de toi.» Je me moque de cela. «Ah ! Toi faire le trole.» Ahi, ahi, ahi ; ah, Monsieur, ah, ah, ah, ah. «Jusqu'au refoir : l'estre là un petit leçon pour li apprendre à toi à parlair insolentemente.» Ah ! Peste soit du baragouineux. Ah !

GÉRONTE, *sortant sa tête du sac.* — Ah ! Je suis roué.

SCAPIN. — Ah ! Je suis mort.

GÉRONTE. — Pourquoi diantre faut-il qu'ils frappent sur mon dos ?

SCAPIN, *lui remettant sa tête dans le sac.* — Prenez garde, voici une demi-douzaine de soldats tout ensemble. *(Il contrefait plusieurs personnes ensemble.)* «Allons, tâchons à trouver ce Géronte, cherchons partout. N'épargnons point nos pas. Courons toute la ville. N'oublions aucun lieu. Visitons tout.

Furetons de tous les côtés. Par où irons-nous ? Tournons par là. Non, par ici. À gauche. À droit. Nenni. Si fait.» Cachez-vous bien. «Ah, camarades, voici son valet. Allons, coquin, il faut que tu nous enseignes où est ton maître.» Eh, Messieurs, ne me maltraitez point. «Allons, dis-nous où il est. Parle. Hâte-toi. Expédions. Dépêche vite. Tôt.» Eh, Messieurs, doucement. (Géronte met doucement la tête hors du sac, et aperçoit la fourberie de Scapin.) «Si tu ne nous fais trouver ton maître tout à l'heure, nous allons faire pleuvoir sur toi une ondée de coups de bâton.» J'aime mieux souffrir toute chose que de vous découvrir mon maître. «Nous allons t'assommer.» Faites tout ce qu'il vous plaira. «Tu as envie d'être battu.» Je ne trahirai point mon maître. «Ah ! Tu en veux tâter ?» Oh !

Comme il est prêt de frapper, Géronte sort du sac, et Scapin s'enfuit.

GÉRONTE. — Ah infâme ! Ah traître ! Ah scélérat ! C'est ainsi que tu m'assassines.

SCÈNE III — ZERBINETTE, GÉRONTE.

ZERBINETTE. — Ah, ah, je veux prendre un peu l'air.

GÉRONTE. — Tu me le paieras, je te jure.

ZERBINETTE. — Ah, ah, ah, ah, la plaisante histoire, et la bonne dupe que ce vieillard !

GÉRONTE. — Il n'y a rien de plaisant à cela, et vous n'avez que faire d'en rire.

ZERBINETTE. — Quoi ? Que voulez-vous dire, Monsieur ?

GÉRONTE. — Je veux dire que vous ne devez pas vous moquer de moi.

ZERBINETTE. — De vous ?

GÉRONTE. — Oui.

ZERBINETTE. — Comment ? Qui songe à se moquer de vous ?

GÉRONTE. — Pourquoi venez-vous ici me rire au nez ?

ZERBINETTE. — Cela ne vous regarde point, et je ris toute seule d'un conte qu'on vient de me faire, le plus plaisant qu'on puisse entendre. Je ne sais pas si c'est parce que je suis intéressée dans la chose ; mais je n'ai jamais trouvé rien de si drôle qu'un tour qui vient d'être joué par un fils à son père, pour en attraper de l'argent.

GÉRONTE. — Par un fils à son père, pour en attraper de l'argent ?

ZERBINETTE. — Oui. Pour peu que vous me pressiez, vous me trouverez assez disposée à vous dire l'affaire, et j'ai une démangeaison naturelle à faire part des contes que je sais.

GÉRONTE. — Je vous prie de me dire cette histoire.

ZERBINETTE. — Je le veux bien. Je ne risquerai pas grand'chose à vous la dire, et c'est une aventure qui n'est pas pour être longtemps secrète. La destinée a voulu que je me trouvasse parmi une bande de ces personnes, qu'on appelle Égyptiens, et qui rôdant de province en province, se mêlent de dire la bonne fortune, et quelquefois de beaucoup d'autres choses. En arrivant dans cette ville, un jeune homme me vit, et conçut pour moi de l'amour. Dès ce moment il s'attache à mes pas, et le voilà d'abord, comme tous les jeunes gens, qui croient qu'il n'y a qu'à parler, et qu'au moindre mot qu'ils nous disent, leurs affaires sont faites : mais il trouva une fierté qui lui fit un peu corriger ses premières pensées. Il fit connaître sa passion aux gens qui me tenaient, et il les trouva disposés à me laisser à lui, moyennant quelque somme. Mais le mal de l'affaire était, que mon amant se trouvait dans l'état où l'on voit très souvent la plupart des fils de famille, c'est-à-dire qu'il était un peu dénué d'argent ; et il a un père, qui, quoique riche, est un avaricieux fieffé, le plus vilain homme du monde. Attendez. Ne me saurais-je souvenir de son nom ? Haye. Aidez-moi un peu. Ne pouvez-vous me nommer quelqu'un de cette ville qui soit connu pour être avare au dernier point ?

GÉRONTE. — Non.

ZERBINETTE. — Il y a à son nom du ron... ronte. Or... Oronte. Non. Gé... Géronte ; oui Géronte justement ; voilà mon vilain, je l'ai trouvé, c'est ce ladre-là que je dis. Pour venir à notre conte, nos gens ont voulu aujourd'hui partir de cette ville ; et mon amant m'allait perdre faute d'argent, si pour en tirer de son père, il n'avait trouvé du secours dans l'industrie d'un serviteur qu'il a. Pour le nom du serviteur, je le sais à merveille. Il s'appelle Scapin ; c'est un homme incomparable, et il mérite toutes les louanges qu'on peut donner.

GÉRONTE. — Ah coquin que tu es !

ZERBINETTE. — Voici le stratagème dont il s'est servi pour attraper sa dupe. Ah, ah, ah, ah. Je ne saurais m'en souvenir, que je ne rie de tout mon cœur. Ah, ah, ah. Il est allé trouver ce chien d'avare, ah, ah ah ; et lui a dit, qu'en se promenant sur le port avec son fils, hi, hi, ils avaient vu une galère turque où on les avait invités d'entrer. Qu'un jeune Turc leur y avait donné la collation. Ah. Que, tandis qu'ils mangeaient, on avait mis la galère en mer ; et que le Turc l'avait renvoyé lui seul à terre dans un esquif, avec ordre de dire au père de son maître, qu'il emmenait son fils en Alger, s'il ne lui envoyait tout à l'heure cinq cents écus. Ah, ah, ah. Voilà mon ladre, mon vilain dans de furieuses angoisses ; et la tendresse qu'il a pour son fils, fait un combat étrange avec son avarice. Cinq cents écus qu'on lui demande, sont justement cinq cents coups de poignard qu'on lui donne. Ah, ah, ah. Il ne peut se résoudre à tirer cette somme de ses entrailles ; et la peine qu'il souffre, lui fait trouver cent moyens ridicules pour ravoir son fils. Ah, ah, ah. Il veut envoyer la justice en mer après la galère du Turc. Ah, ah, ah. Il sollicite son valet de s'aller offrir à tenir la place de son fils, jusqu'à ce qu'il ait amassé l'argent qu'il n'a pas envie de donner. Ah, ah, ah. Il abandonne, pour faire les cinq cents écus, quatre ou cinq vieux habits qui n'en valent pas trente. Ah, ah, ah. Le valet lui fait comprendre à tous coups l'impertinence de ses propositions, et chaque réflexion est douloureusement accompagnée d'un : «Mais que diable allait-il faire à cette galère ? Ah maudite galère ! Traître de Turc !» Enfin après plusieurs détours, après avoir longtemps gémi et soupiré... Mais il me semble que vous ne riez point de mon conte. Qu'en dites-vous ?

GÉRONTE. — Je dis que le jeune homme est un pendard, un insolent, qui sera puni par son père, du tour qu'il lui a fait ; que l'Égyptienne est une malavisée, une impertinente, de dire des injures à un homme d'honneur qui saura lui apprendre à venir ici débaucher les enfants de famille ; et que le valet est un scélérat, qui sera par Géronte envoyé au gibet avant qu'il soit demain.

SCÈNE IV — SILVESTRE, ZERBINETTE.

SILVESTRE. — Où est-ce donc que vous vous échappez ? Savez-vous bien que vous venez de parler là au père de votre amant ?

ZERBINETTE. — Je viens de m'en douter, et je me suis adressée à lui-même sans y penser, pour lui conter son histoire.

SILVESTRE. — Comment, son histoire ?

ZERBINETTE. — Oui, j'étais toute remplie du conte, et je brûlais de le redire. Mais qu'importe ? Tant pis pour lui. Je ne vois pas que les choses pour nous en puissent être ni pis, ni mieux.

SILVESTRE. — Vous aviez grande envie de babiller ; et c'est avoir bien de la langue, que de ne pouvoir se taire de ses propres affaires.

ZERBINETTE. — N'aurait-il pas appris cela de quelque autre ?

SCÈNE V — ARGANTE, SILVESTRE.

ARGANTE. — Holà, Silvestre.

SILVESTRE. — Rentrez dans la maison. Voilà mon maître qui m'appelle.

ARGANTE. — Vous vous êtes donc accordés, coquin ; vous vous êtes accordés, Scapin, vous, et mon fils, pour me fourber, et vous croyez que je l'endure ?

SILVESTRE. — Ma foi, Monsieur, si Scapin vous fourbe, je m'en lave les mains, et vous assure que je n'y trempe en aucune façon.

ARGANTE. — Nous verrons cette affaire, pendard, nous verrons cette affaire, et je ne prétends pas qu'on me fasse passer la plume par le bec.

SCÈNE VI — GÉRONTE, ARGANTE, SILVESTRE.

GÉRONTE. — Ah, seigneur Argante, vous me voyez accablé de disgrâce.

ARGANTE. — Vous me voyez aussi dans un accablement horrible.

GÉRONTE. — Le pendard de Scapin, par une fourberie, m'a attrapé cinq cents écus.

ARGANTE. — Le même pendard de Scapin, par une fourberie aussi, m'a attrapé deux cents pistoles.

GÉRONTE. — Il ne s'est pas contenté de m'attraper cinq cents écus, il m'a traité d'une manière que j'ai honte de dire. Mais il me la paiera.

ARGANTE. — Je veux qu'il me fasse raison de la pièce qu'il m'a jouée.

GÉRONTE. — Et je prétends faire de lui une vengeance exemplaire.

SILVESTRE. — Plaise au Ciel, que dans tout ceci je n'aie point ma part !

GÉRONTE. — Mais ce n'est pas encore tout, seigneur Argante, et un malheur nous est toujours l'avant-coureur d'un autre. Je me réjouissais aujourd'hui de l'espérance d'avoir ma fille, dont je faisais toute ma consolation ; et je viens d'apprendre de mon homme qu'elle est partie il y a longtemps de Tarente, et qu'on y croit qu'elle a péri dans le vaisseau où elle s'embarqua.

ARGANTE. — Mais pourquoi, s'il vous plaît, la tenir à Tarente, et ne vous être pas donné la joie de l'avoir avec vous ?

GÉRONTE. — J'ai eu mes raisons pour cela ; et des intérêts de famille m'ont obligé jusques ici à tenir fort secret ce second mariage. Mais que vois-je ?

SCÈNE VII — GÉRONTE, NÉRINE, ARGANTE, SILVESTRE.

GÉRONTE. — Ah ! Le voilà, nourrice.

NÉRINE, *se jetant à ses genoux.* — Ah, seigneur Pandolphe, que...

GÉRONTE. — Appelle-moi Géronte, et ne te sers plus de ce nom. Les raisons ont cessé, qui m'avaient obligé à le prendre parmi vous à Tarente.

NÉRINE. — Las ! Que ce changement de nom nous a causé de troubles et d'inquiétudes dans les soins que nous avons pris de vous venir chercher ici !

GÉRONTE. — Où est ma fille, et sa mère ?

NÉRINE. — Votre fille, Monsieur, n'est pas loin d'ici. Mais avant que de vous la faire voir, il faut que je vous demande pardon de l'avoir mariée, dans l'abandonnement, où faute de vous rencontrer, je me suis trouvée avec elle.

GÉRONTE. — Ma fille mariée !

NÉRINE. — Oui, Monsieur.

GÉRONTE. — Et avec qui ?

NÉRINE. — Avec un jeune homme nommé Octave, fils d'un certain seigneur Argante.

GÉRONTE. — Ô Ciel !

ARGANTE. — Quelle rencontre !

GÉRONTE. — Mène-nous, mène-nous promptement où elle est.

NÉRINE. — Vous n'avez qu'à entrer dans ce logis.

GÉRONTE. — Passe devant. Suivez-moi, suivez-moi, seigneur Argante.

SILVESTRE. — Voilà une aventure qui est tout à fait surprenante !

SCÈNE VIII — SCAPIN, SILVESTRE.

SCAPIN. — Hé bien, Silvestre, que font nos gens ?

SILVESTRE. — J'ai deux avis à te donner. L'un, que l'affaire d'Octave est accommodée. Notre Hyacinte s'est trouvée la fille du seigneur Géronte ; et le hasard a fait, ce que la prudence des pères avait délibéré. L'autre avis, c'est que les deux vieillards font contre toi des menaces épouvantables, et surtout le seigneur Géronte.

SCAPIN. — Cela n'est rien. Les menaces ne m'ont jamais fait mal ; et ce sont des nuées qui passent bien loin sur nos têtes.

SILVESTRE. — Prends garde à toi, les fils se pourraient bien raccommoder avec les pères, et toi demeurer dans la nasse.

SCAPIN. — Laisse-moi faire, je trouverai moyen d'apaiser leur courroux, et...

SILVESTRE. — Retire-toi, les voilà qui sortent.

SCÈNE IX — GÉRONTE, ARGANTE, SILVESTRE, NÉRINE, HYACINTE.

GÉRONTE. — Allons, ma fille, venez chez moi. Ma joie aurait été parfaite, si j'y avais pu voir votre mère avec vous.

ARGANTE. — Voici Octave tout à propos.

SCÈNE X — ARGANTE, OCTAVE, GÉRONTE, SILVESTRE, HYACINTE, ZERBINETTE, NÉRINE.

ARGANTE. — Venez, mon fils, venez vous réjouir avec nous de l'heureuse aventure de votre mariage. Le Ciel...

OCTAVE, *sans voir Hyacinte.* — Non, mon père, toutes vos propositions de mariage ne serviront de rien. Je dois lever le masque avec vous, et l'on vous a dit mon engagement.

ARGANTE. — Oui ; mais tu ne sais pas...

OCTAVE. — Je sais tout ce qu'il faut savoir.

ARGANTE. — Je veux te dire que la fille du seigneur Géronte...

OCTAVE. — La fille du seigneur Géronte ne me sera jamais de rien.

GÉRONTE. — C'est elle...

OCTAVE. — Non, Monsieur, je vous demande pardon, mes résolutions sont prises.

SILVESTRE. — Écoutez...

OCTAVE. — Non, tais-toi, je n'écoute rien.

ARGANTE. — Ta femme...

OCTAVE. — Non, vous dis-je, mon père, je mourrai plutôt que de quitter mon aimable Hyacinte. *(Traversant le théâtre pour aller à elle.)* Oui, vous avez beau faire, la voilà celle à qui ma foi est engagée ; je l'aimerai toute ma vie, et je ne veux point d'autre femme.

ARGANTE. — Hé bien, c'est elle qu'on te donne. Quel diable d'étourdi, qui suit toujours sa pointe.

HYACINTE. — Oui, Octave, voilà mon père que j'ai trouvé, et nous nous voyons hors de peine.

GÉRONTE. — Allons chez moi, nous serons mieux qu'ici pour nous entretenir.

HYACINTE. — Ah, mon père, je vous demande par grâce, que je ne sois point séparée de l'aimable personne que vous voyez : elle a un mérite, qui vous fera concevoir de l'estime pour elle, quand il sera connu de vous.

GÉRONTE. — Tu veux que je tienne chez moi une personne qui est aimée de ton frère, et qui m'a dit tantôt au nez mille sottises de moi-même ?

ZERBINETTE. — Monsieur, je vous prie de m'excuser. Je n'aurais pas parlé de la sorte, si j'avais su que c'était vous, et je ne vous connaissais que de réputation.

GÉRONTE. — Comment, que de réputation ?

HYACINTE. — Mon père, la passion que mon frère a pour elle, n'a rien de criminel, et je réponds de sa vertu.

GÉRONTE. — Voilà qui est fort bien. Ne voudrait-on point que je mariasse mon fils avec elle ? Une fille inconnue, qui fait le métier de coureuse.

SCÈNE XI — LÉANDRE, ARGANTE, GÉRONTE, HYACINTE, OCTAVE, ZERBINETTE, SILVESTRE, NÉRINE.

LÉANDRE. — Mon père, ne vous plaignez point que j'aime une inconnue, sans naissance et sans bien. Ceux de qui je l'ai rachetée, viennent de me découvrir qu'elle est de cette ville, et d'honnête famille ; que ce sont eux qui l'y ont dérobée à l'âge de quatre ans ; et voici un bracelet qu'ils m'ont donné, qui pourra nous aider à trouver ses parents.

ARGANTE. — Hélas ! À voir ce bracelet, c'est ma fille que je perdis à l'âge que vous dites.

GÉRONTE. — Votre fille ?

ARGANTE. — Oui, ce l'est, et j'y vois tous les traits qui m'en peuvent rendre assuré...

HYACINTE. — Ô Ciel ! Que d'aventures extraordinaires !

SCÈNE XII — CARLE, GÉRONTE, ARGANTE, LÉANDRE, OCTAVE, HYACINTE, ZERBINETTE, SILVESTRE, NÉRINE.

CARLE. — Ah, Messieurs, il vient d'arriver un accident étrange.

GÉRONTE. — Quoi ?

CARLE. — Le pauvre Scapin...

GÉRONTE. — C'est un coquin que je veux faire pendre.

CARLE. — Hélas ! Monsieur, vous ne serez pas en peine de cela. En passant contre un bâtiment, il lui est tombé sur la tête un marteau de tailleur de pierre, qui lui a brisé l'os, et découvert toute la cervelle. Il se meurt, et il a prié qu'on l'apportât ici pour vous pouvoir parler avant que de mourir.

ARGANTE. — Où est-il ?

CARLE. — Le voilà.

SCÈNE DERNIÈRE — SCAPIN, ARGANTE, GÉRONTE, ETC.

SCAPIN, *apporté par deux hommes, et la tête entourée de linges, comme s'il avait été blessé.* — Ahi, ahi. Messieurs, vous me voyez... Ahi, vous me voyez dans un étrange état. Ahi. Je n'ai pas voulu mourir, sans venir demander pardon à toutes les personnes que je puis avoir offensées. Ahi. Oui, messieurs, avant que de rendre le dernier soupir, je vous conjure de tout mon cœur, de vouloir me pardonner tout ce que je puis vous avoir fait, et principalement le seigneur Argante, et le seigneur Géronte. Ahi.

ARGANTE. — Pour moi, je te pardonne ; va, meurs en repos.

SCAPIN. — C'est vous, Monsieur, que j'ai le plus offensé, par les coups de bâton que...

GÉRONTE. — Ne parles point davantage, je te pardonne aussi.

SCAPIN. — Ç'a été une témérité bien grande à moi, que les coups de bâton que je...

GÉRONTE. — Laissons cela.

SCAPIN. — J'ai en mourant, une douleur inconcevable des coups de bâton que...

GÉRONTE. — Mon Dieu, tais-toi.

SCAPIN. — Les malheureux coups de bâton que je vous...

GÉRONTE. — Tais-toi, te dis-je, j'oublie tout.

SCAPIN. — Hélas, quelle bonté ! Mais est-ce de bon cœur, Monsieur, que vous me pardonnez ces coups de bâton que...

GÉRONTE. — Eh oui. Ne parlons plus de rien ; je te pardonne tout, voilà qui est fait.

SCAPIN. — Ah, Monsieur, je me sens tout soulagé depuis cette parole.

GÉRONTE. — Oui ; mais je te pardonne, à la charge que tu mourras.

SCAPIN. — Comment, Monsieur ?

GÉRONTE. — Je me dédis de ma parole, si tu réchappes.

SCAPIN. — Ahi, ahi. Voilà mes faiblesses qui me reprennent.

ARGANTE. — Seigneur Géronte, en faveur de notre joie, il faut lui pardonner sans condition.

GÉRONTE. — Soit.

ARGANTE. — Allons souper ensemble, pour mieux goûter notre plaisir.

SCAPIN. — Et moi, qu'on me porte au bout de la table, en attendant que je meure.

ACTE I

ACTE II

ACTE III